Yvain
ou le Chevalier au lion

Yvain
ou le Chevalier au lion

ÉTONNANTS • CLASSIQUES

CHRÉTIEN DE TROYES

Yvain
ou le Chevalier au lion

Traduction de Michel ROUSSE *adaptée*

Édition de Marie-Louise ASTRE
Mise à jour par Bruno DELIGNON *et* Rafaël MENEGHIN,
professeurs de lettres

Cahier photos par
Marie-Anne DE BÉRU, Bruno DELIGNON et Rafaël MENEGHIN

Flammarion

« **Héros / héroïnes et héroïsmes** »
dans la collection « Étonnants Classiques »

Aucassin et Nicolette
La Chanson de Roland
CERVANTÈS, *Don Quichotte*
CHRÉTIEN DE TROYES, *Lancelot ou le Chevalier de la charrette*
CHRÉTIEN DE TROYES, *Perceval ou le Conte du graal*
Héros qui comme Ulysse (anthologie)
HOMÈRE, *L'Iliade*
  L'Odyssée
ROBERT DE BORON, *Le Roman de Merlin*
Tristan et Iseut

© Flammarion, 1990, pour la traduction.
© Flammarion, 1997, pour cette édition.
Édition revue, 2018.
ISBN : 978-2-0814-2208-7
ISSN : 1269-8822

SOMMAIRE

■ **Présentation** **7**
Qui était Chrétien de Troyes ? **7**
La « matière de Bretagne » et le roman arthurien **8**
Le reflet de la société du XIIe siècle **10**
La naissance d'un genre **12**
L'héroïsme au Moyen Âge : Yvain, un héros emblématique ? **14**

■ **Chronologie** **19**

Yvain
ou le Chevalier au lion

Récit de Calogrenant à la cour	**27**
Yvain tente l'aventure de la fontaine	**41**
Lunete sauve Yvain	**47**
Yvain épouse Laudine	**66**
Arthur au château de Laudine	**72**
La folie d'Yvain	**81**
Yvain combat les troupes du comte Alier	**91**

La rencontre du lion	96
Retour à la fontaine, Lunete prisonnière	99
Yvain combat Harpin de la Montagne	105
Yvain combat pour Lunete et revoit Laudine qui ne le reconnaît pas	112
Yvain et la querelle des deux sœurs	120
Le château de Pire Aventure	126
Yvain combat Gauvain	138
Retour à la fontaine et retour en grâce	150

■ Dossier.................................. 157

Jouons avec les chevaliers!	159
Parcours dans l'œuvre	161
L'animal, héros littéraire	170
La folie du héros	176
Images de la folie	183
Éducation aux médias et à l'information	185
Un livre, un film	186

PRÉSENTATION

Qui était Chrétien de Troyes?

La vie de Chrétien de Troyes est mal connue. Il serait né vers 1135, sous le règne de Louis VII, et mort vers 1182 ou 1185, au début du règne de Philippe Auguste. Il a vraisemblablement reçu la formation d'un clerc[1]; il sait le latin puisqu'il a traduit les œuvres du poète Ovide, traductions perdues pour la plupart. Sans doute a-t-il séjourné à la brillante cour d'Angleterre, dans l'entourage d'Henri II Plantagenêt et de son épouse Aliénor d'Aquitaine. Vers 1172, il demeure à la cour de Champagne, auprès du puissant comte Henri le Libéral, époux de Marie de France, fille aînée d'Aliénor d'Aquitaine et, comme elle, cultivée et protectrice des arts. C'est là qu'il écrit vers 1176-1181 ses romans arthuriens *Yvain ou le Chevalier au lion* et *Lancelot ou le Chevalier de la charrette*. Vers 1181, il se trouve à la cour de Philippe d'Alsace, comte de Flandre, auquel il dédie son dernier roman, resté inachevé, *Perceval ou le Conte du graal*.

---

1. *Clerc* : homme d'Église ayant reçu la tonsure (le fait de raser le sommet de son crâne, signe distinctif du clergé à l'époque).

La «matière de Bretagne» et le roman arthurien

Les thèmes de la plupart des romans de Chrétien de Troyes sont empruntés à ce qu'on appelle la «matière de Bretagne», c'est-à-dire un ensemble de récits et légendes centrés autour du roi Arthur, personnage légendaire de l'ancienne Bretagne. Par «Bretagne», il faut en effet entendre la «Grande» Bretagne, notamment le pays de Galles et la Cornouaille, ainsi que l'Irlande et la «Petite» Bretagne (l'Armorique), qui correspond plus ou moins à la région que nous connaissons. Le nom d'Arthur vient peut-être d'un chef de guerre qui aurait vécu en Angleterre entre les Ve et VIe siècles. Mais la légende qui entoure ses exploits, colportée par des conteurs à une époque où peu de gens savaient lire, fait qu'il **est difficile aujourd'hui de distinguer le vrai du faux à son sujet.**

Chrétien de Troyes a eu l'occasion de se familiariser avec ces récits à la cour d'Angleterre grâce à deux ouvrages. Dans le premier, intitulé *Histoire des rois de Bretagne* et écrit en 1130 par Geoffroy de Monmouth, Arthur est présenté comme un grand roi breton, vainqueur des Saxons[1]. Blessé à Camaalot[2], il est transporté en l'île d'Avallon par la fée Morgane, mais il en revient pour diriger son peuple. Le second ouvrage, *Roman de Brut*, écrit par Wace en 1155, raconte comment le «roi de Bretagne» devient un souverain[3] idéal en instaurant une ère de

---

1. *Saxons* : ancien peuple germanique, parti à la conquête du sud de l'Angleterre au Ve siècle, alors occupée par des peuples celtes.
2. *Camaalot* (ou *Camelot*) : château légendaire où siégeait le roi Arthur.
3. *Souverain* : celui qui exerce le pouvoir (par exemple, le roi).

paix après avoir été un grand conquérant. Entouré de ses chevaliers, il siège entre deux aventures autour de la Table ronde et incarne un âge d'or de la chevalerie.

Mais surtout, Chrétien de Troyes a entendu les conteurs professionnels raconter ces légendes. Il a sans doute lu les « contes d'aventures » qui s'en inspiraient, où il était souvent question d'un héros entreprenant un voyage par-delà un fleuve ou une épaisse forêt, en quête de ce qui serait le symbole de sa valeur : une coupe magique ou l'amour d'une femme puissante et belle. Après l'avoir conquise au terme d'épreuves difficiles, le chevalier la perdait faute de combativité, et devait la reconquérir à force de prouesses [1].

On devine le souvenir de ces histoires dans les récits de Chrétien de Troyes. La forêt de Brocéliande [2], terre d'aventures et de prodiges (voir p. 30 et suivantes), évoque les paysages des légendes arthuriennes. Les nobles châtelaines [3] ressemblent aux dames [4] d'une beauté extraordinaire accueillant le chevalier au terme de son périple. Même le scénario en trois parties – conquête de la dame/ faute et perte/ reconquête de la dame – se retrouve dans ses romans qui nous entraînent dans un monde où se côtoient réel et merveilleux.

---

1. *Prouesses* : actes de bravoure, d'héroïsme.
2. *Brocéliande* : cette forêt, dont il reste aujourd'hui la forêt de Paimpont près de Rennes, couvrait autrefois une grande partie de la « Petite Bretagne » (l'Armorique). Royaume des fées et des enchantements, elle aurait abrité le tombeau de Merlin et la célèbre fontaine de Barenton : selon la légende, on pouvait faire venir la pluie en versant de l'eau sur sa pierre.
3. *Châtelaines* : maîtresses du château.
4. *Dames* : le terme « dame » est ici réservé à l'épouse d'un seigneur, notamment quand elle est elle-même à la tête d'un fief.

Le reflet de la société du XIIe siècle

Si Chrétien de Troyes a emprunté des thèmes et des personnages aux récits celtiques, il les a insérés dans la société de son temps. En le lisant, c'est la classe aristocratique[1] du XIIe siècle que nous découvrons, dans sa façon de se vêtir, de s'armer, de penser et d'aimer.

La société féodale

La société du XIIe siècle est organisée sur le mode **féodal**, fondée sur des droits et des devoirs qui unissent vassaux et suzerains. Le **vassal** est responsable du **fief** (c'est-à-dire de la terre) que lui a confié son **suzerain**, à qui il a prêté hommage en lui jurant fidélité et dévouement absolu. Ce système est fondé sur la solidarité et sur la loyauté : il n'est pire honte que celle d'être *félon*, traître à sa parole, et *recréant*, lâche qui abandonne le combat. Chrétien de Troyes donne une vision idéale d'un système qui lui est cher, au moment même où celui-ci est menacé par l'effort des rois de France pour instaurer leur autorité sur leurs grands vassaux, et par le développement de la bourgeoisie des villes.

L'idéal chevaleresque

Née vers le Xe siècle, la chevalerie était à l'origine une institution militaire. À l'époque de Chrétien de Troyes, elle est devenue

---

1. *La classe aristocratique* : les nobles, ceux qui détiennent les privilèges.

une catégorie sociale, héréditaire et sacralisée par le rite de l'adoubement[1]. Les vertus chevaleresques de vaillance, de loyauté et de générosité se confondent avec celles de la noblesse.

Pour les chevaliers, les liens de parenté sont très importants : c'est, en partie, pour sauver l'honneur de son cousin qu'Yvain s'engage dans l'aventure de la fontaine (voir le chapitre « Yvain tente l'aventure de la fontaine », p. 41-46). Les liens de l'amitié sont aussi primordiaux : en témoigne l'issue du combat qui oppose Yvain à Gauvain. Lorsque les deux amis, qui s'affrontent sans le savoir, comprennent qui se dissimule sous l'armure du chevalier ennemi, ils abandonnent les armes : « si je vous avais reconnu, je ne me serais pas battu contre vous, j'aurais préféré me proclamer vaincu avant le premier échange, je vous le jure », s'exclame Yvain (p. 145).

Une société courtoise

À l'époque où écrit Chrétien de Troyes, la société est en pleine évolution. Le XIIe siècle voit se répandre un art de vivre plus raffiné qu'auparavant. Une vie de cour fastueuse se développe, par exemple autour d'Aliénor d'Aquitaine à Poitiers et à Londres ou encore à la cour ducale de Bretagne. S'y réunissent gentes dames, demoiselles[2], chevaliers, poètes et clercs. On cultive l'élégance vestimentaire. Le chevalier ne doit plus seulement être un guerrier mais aussi acquérir les **vertus courtoises** (propres à la vie de cour) que sont la générosité, le raffinement des manières et des sentiments, le respect des dames.

---

1. *Adoubement* : cérémonie lors de laquelle un homme devenait chevalier.
2. *Demoiselles* : jeunes filles nobles.

L'amour courtois

L'époque apprécie certes toujours les beaux coups d'épée [1] – et *Yvain ou le Chevalier au lion* réserve quelques belles passes d'armes ! – mais d'autres préoccupations apparaissent. **La femme et l'amour occupent une place de premier plan.** Les thèmes de la poésie des troubadours [2] (des pays d'oc) ont gagné le nord de la France (les pays d'oïl) : la dame a tout pouvoir sur son prétendant, comme le suzerain sur son vassal. Le « service » d'amour implique fidélité, soumission, engagement total. Pour mériter cet amour, le chevalier doit affronter mille épreuves et rechercher la perfection morale. Manquer à sa parole est « félonie » : on verra ainsi ce qu'il en coûtera à Yvain de manquer à sa promesse. Lorsqu'il ne rejoint pas son épouse dans le délai qu'elle lui a imparti, celle-ci le rejette et lui demande, par l'intermédiaire de Lunete, de lui rendre l'anneau qu'elle lui avait jadis confié : « Yvain, pour ma dame tu n'es plus rien ; elle t'intime par ma bouche de ne jamais revenir vers elle et de ne plus garder son anneau. Par moi, que tu vois ici devant toi, elle te somme de le lui renvoyer. Rends-le-lui, il le faut » (p. 83).

La naissance d'un genre

S'il a puisé aux sources du roman arthurien, Chrétien de Troyes compose une œuvre originale. Il agence les épisodes

---

1. *Épée* : c'est l'arme des chevaliers par excellence. Longue d'environ 1 m, elle pèse à peu près 2 kg, pour une lame de 9 cm de large.
2. *Troubadours* : poètes qui, dans le midi de la France, allaient de château en château pour déclamer des poèmes et raconter des histoires en s'accompagnant de musique.

à sa façon et révèle son inventivité dans la peinture des caractères. Le héros croise Keu à la langue de vipère, un rustre[1] dont la fierté efface la laideur, Laudine, aussi belle qu'impulsive, Lunete, la suivante dévouée et astucieuse... Pour ne rien dire des paysages que le texte grave en nos mémoires : forêts profondes aux sentiers pleins «de ronces et de nuit» (p. 42), où le héros cherche son chemin, où une jeune fille chevauche à grand-peine, sur les traces d'un chevalier inconnu escorté d'un lion...

Chrétien de Troyes invente un genre littéraire promis à un bel avenir : **le roman**. Jusqu'au XIIe siècle, ce terme désignait la langue «vulgaire», parlée, par opposition au latin dont elle était dérivée et qui était la langue des clercs, la langue de l'écrit. À partir de la seconde moitié du XIIe siècle, on appelle «romans» des adaptations d'œuvres antiques en langue romane, composées en vers. C'est avec Chrétien de Troyes, et en grande partie en raison du succès de ses œuvres, que le mot prend son sens moderne : le roman devient un récit mêlant prouesses et amour, qui retrace l'histoire d'un individu qui parcourt le monde pour s'éprouver, se trouver lui-même, comprendre sa place dans la société.

Il faut bien distinguer roman et chanson de geste : **la chanson de geste** est un poème composé de vers ne rimant pas entre eux, tel qu'il en existe dès le XIe siècle ; le roman adopte une forme versifiée en octosyllabes (vers de huit syllabes) rimant deux par deux, le rythme et la rime facilitant la lecture à haute voix. Comme toutes les œuvres du Moyen Âge, les romans de Chrétien de Troyes étaient en effet destinés à être lus en public, non pas dans les grandes salles des châteaux ou sur les places

---

1. *Rustre* : paysan.

Héroïsme et quête initiatique[1]

Si les romans de Chrétien de Troyes retracent l'histoire d'une quête amoureuse, celle-ci se double d'une quête spirituelle. En effet, le parcours d'Yvain est lié à la découverte de soi : après avoir sombré dans la folie par amour, c'est-à-dire après avoir « [perdu] l'esprit » (p. 83), Yvain tente de redevenir l'homme qu'il était, digne et loyal. Il passe ainsi du statut de « brute privée de raison » (p. 84) à celui de héros admiré de tous : à peine guéri de sa folie par la dame de Noroison, il triomphe du comte Alier et de ses troupes. Son errance dans la forêt peut alors être considérée comme un voyage initiatique d'où il ressort sain, vaillant et triomphant.

Le thème de la quête initiatique est encore plus présent dans *Perceval ou le Conte du Graal*, texte inachevé qui introduit un objet devenu mythique : le graal. Cet objet, mystérieux dans le roman de Chrétien de Troyes, deviendra la coupe sacrée qui aurait servi à recueillir le sang du Christ et qui suscitera la quête d'autres chevaliers de la Table ronde.

Le merveilleux

Enfin, dans *Yvain ou le Chevalier au lion*, l'héroïsme chevaleresque se mêle à une atmosphère surnaturelle qui souligne d'autant mieux la vigueur des chevaliers. En effet, le roman plonge le lecteur dans un univers merveilleux où une fontaine magique a le pouvoir de déclencher des tempêtes prodigieuses et une pommade de soigner les esprits frappés de folie. Le merveilleux s'incarne dans des lieux et des objets, mais aussi

---

1. *Initiatique* : relatif à l'initiation, c'est-à-dire au passage d'un état d'innocence à un état d'expérience après avoir traversé et surmonté des épreuves.

dans des personnages[1] qui stimulent ou au contraire mettent à l'épreuve la vaillance du héros. On parle alors d'adjuvants ou d'opposants.

Leur rôle est très important dans le déroulement de l'intrigue. Le lion, par exemple, qui appartient au merveilleux dans la mesure où sa docilité n'est pas réaliste, est celui qui permet à Yvain de passer du statut de chevalier déchu à celui de héros accompli et méritant. L'animal se bat à ses côtés comme le ferait un vassal auprès de son suzerain, contribuant à réinstaurer les valeurs féodales que le jeune homme semblait avoir perdues en sombrant dans la folie.

Ainsi, l'amour, la quête initiatique et le merveilleux sont autant d'éléments qui composent l'étoffe des héros chez Chrétien de Troyes et ont infusé la littérature des siècles suivants. Comment ne pas lire, en effet, dans la littérature et le cinéma de *fantasy* des XXe et XXIe siècles l'héritage des récits de la Table ronde ?

---

1. Voir Dossier, p. 170.

CHRONOLOGIE

1066 1189
1066 1189

Repères historiques et culturels

Repères littéraires

Repères historiques et culturels

1066
Guillaume le Conquérant, successeur désigné du roi d'Angleterre Édouard le Confesseur, vainc l'usurpateur saxon Harold à Hastings et fonde la dynastie anglo-normande.

1137-1180
En France, règne de Louis VII, époux d'Aliénor, duchesse d'Aquitaine, petite-fille de Guillaume IX d'Aquitaine.

1150
Louis VII répudie Aliénor d'Aquitaine.

1152
Aliénor épouse Henri Plantagenêt, comte d'Anjou et duc de Normandie, petit-fils d'Henri Ier.

1154-1189
Henri Plantagenêt, devenu Henri II, règne sur l'Angleterre.

Repères littéraires

XIᵉ siècle (vers 1100)
Écriture de *La Chanson de Roland*, chanson de geste qui célèbre les combats héroïques du comte Roland, neveu de Charlemagne armé de sa seule épée Durandal, contre une armée de Sarrasins à la bataille de Roncevaux (15 août 778). Il s'agit de la chanson de geste la plus connue qui nous soit parvenue. Chrétien de Troyes compare Yvain à Roland au début du chapitre « Yvain combat les troupes du comte Alier » (p. 93).

1130
Histoire des rois de Bretagne (*Historia regum Britanniae*) par Geoffroy de Monmouth (en latin). Arthur est présenté comme un grand roi de Bretagne, vainqueur des Saxons. Blessé à Camaalot, la fée Morgane l'emmène en l'île d'Avallon, d'où il reviendra pour diriger son peuple.

Vers 1135
Naissance de Chrétien de Troyes.

1150-1186
Âge d'or des chansons de geste.

1150-1180
Âge d'or de la poésie des troubadours occitans, au premier rang desquels Bernard de Ventadour, qui dédia une chanson à Aliénor d'Aquitaine. Celle-ci, petite-fille du « premier troubadour », Guillaume d'Aquitaine, introduit à la cour de France puis à la cour anglo-normande la culture courtoise des pays d'oc.

Repères historiques et culturels

1163-1196	Construction de Notre-Dame de Paris (nef et chœur).
1164	Henri le Libéral, comte de Champagne, épouse Marie de France, fille aînée de Louis VII et d'Aliénor.
1166	La Bretagne prête allégeance à Henri II d'Angleterre.
1173	Louis VII, roi de France, attaque la Normandie et l'Anjou, possessions d'Henri II, roi d'Angleterre.
1177-1185	Construction du pont d'Avignon.
1180	Traité de Gisors, qui met fin aux luttes entre la France et l'Angleterre.
1180-1223	Règne de Philippe Auguste. Il entreprend la lutte contre ses grands vassaux, dont le roi d'Angleterre.
1189	Richard Cœur de Lion devient roi d'Angleterre.

Repères littéraires

1155 — Wace dédie à Aliénor le *Roman de Brut*, adaptation en anglo-normand de l'œuvre de Geoffroy de Monmouth. Cette histoire légendaire des rois bretons commence avec Brut, compagnon d'Énée, leur ancêtre mythique. Arthur y apparaît comme un grand conquérant, roi idéal, entouré des chevaliers de la Table ronde.

1167 — Les *Lais de Marie de France*.

Vers 1170 — Chrétien de Troyes, *Érec et Énide*.

1174-1190 — Branches du *Roman de Renart* (on qualifie de « branches » ces récits attribués à différents auteurs). Les plus anciennes d'entre elles dateraient de 1174. L'ensemble des branches sont réunies en recueil au XIIIe siècle.

Vers 1176 — Chrétien de Troyes, *Cligès*.

1176-1181 — Chrétien de Troyes, *Yvain ou le Chevalier au lion* ; *Lancelot ou le Chevalier à la charrette*.

1181-1185 — Chrétien de Troyes, *Perceval ou le Conte du graal*.

Vers 1182 ou 1185 — Mort de Chrétien de Troyes.

Yvain
ou le Chevalier au lion

NOTE DE L'ÉDITEUR : il s'agit d'une édition abrégée du roman de Chrétien de Troyes. Le découpage et les titres des chapitres sont propres à cette édition. Les marques de coupes ont été volontairement omises par l'éditeur afin de faciliter la lecture.

Récit de Calogrenant à la cour

Arthur[1], le sage roi de Bretagne, dont la prouesse[2] nous incite à être vaillants et courtois[3], tint une cour, d'une magnificence toute royale, lors de la fête de la Pentecôte. Le roi était à Carduel[4] au pays de Galles. Après le repas, les chevaliers s'éparpillèrent dans les salles pour former de petits groupes là où des dames[5], des demoiselles[6] ou des jeunes filles les appelaient. Les uns échangeaient des nouvelles, les autres parlaient d'Amour, des tourments[7], des souffrances et des grands bienfaits qu'en ont souvent reçus les fidèles de son ordre[8] qui, à cette époque, était riche et généreux. Mais aujourd'hui on trouve bien peu de ses fidèles, car voici que presque tous l'ont abandonné et Amour en a perdu de sa valeur. Ceux qui aimaient avaient une réputation de courtoisie, de vaillance, de générosité et d'honneur.

---

1. Voir Présentation, p. 8-9.
2. *La prouesse* : la bravoure, l'héroïsme.
3. *Courtois* : honnête, loyal. À l'époque, la courtoisie est une qualité propre aux nobles (voir Présentation, p. 11), par opposition à ce qui est «vilain» (c'est-à-dire propre aux paysans). Elle renvoie à un ensemble de valeurs qui régissent la société, parmi lesquelles la fidélité, le sens de l'honneur, la générosité et, surtout, l'importance donnée au sentiment amoureux.
4. *Carduel* : correspond sans doute à l'actuelle Carlisle, ville située au nord-ouest de l'Angleterre.
5. *Dames* : voir note 4, p. 9.
6. *Demoiselles* : voir note 2, p. 11.
7. *Tourments* : soucis, inquiétudes.
8. *Les fidèles de son ordre* : ici, l'amour est comparé à une religion.

Aujourd'hui Amour est devenu un sujet de plaisanterie, à cause de ceux qui, n'y connaissant rien, affirment qu'ils aiment. En fait, ils mentent, et à s'en vanter à tort, ils le réduisent à une plaisanterie et à un pur mensonge.

Mais parlons des hommes de jadis, et oublions ceux d'aujourd'hui : car, à mon sens, la courtoisie d'un mort a bien plus de prix que la grossièreté d'un vivant. C'est pourquoi je veux faire un récit qui mérite qu'on l'écoute : il s'agit de ce roi qui avait une telle réputation qu'on en parle partout ; sur ce point, je suis de l'avis des Bretons[1] : sa renommée durera toujours, et c'est grâce à lui que l'on se souvient de l'élite des chevaliers accomplis[2] qui, par leurs exploits, acquirent la gloire. Ce jour-là donc, on fut bien étonné de voir le roi se lever pour les quitter. Certains en furent choqués et en discutèrent longtemps pour la raison que jamais encore ils ne l'avaient vu lors d'une si grande fête se retirer dans sa chambre pour dormir ou se reposer. Ce jour-là donc, c'est ce qui lui arriva. La reine se retira avec lui, et il resta tant auprès d'elle qu'il s'assoupit et s'endormit.

À la porte de la chambre, à l'extérieur, se trouvaient Dodinet, Sagremor, Keu et monseigneur Gauvain ainsi que monseigneur Yvain ; Calogrenant était avec eux, un chevalier d'une grande amabilité qui se mit à leur faire un conte qui ne tournait pas à son honneur mais à sa honte.

Tandis qu'il racontait son histoire, voici que la reine l'écoutait ; quittant le roi, elle se leva et elle arriva sans bruit, si bien qu'avant qu'on l'ait aperçue, elle était assise au milieu d'eux ; seul Calogrenant sauta sur ses pieds et se leva devant elle. Keu, qui aimait la raillerie[3] et les propos méchants, acerbes[4] et venimeux, lui dit :

---

1. Bretons : peuple celtique de l'ancienne Bretagne (voir Présentation, p. 8).
2. Accomplis : de qualité, qui ont fait leurs preuves.
3. Raillerie : moquerie.
4. Acerbes : agressifs et blessants.

« Par Dieu, Calogrenant, je vous vois bien vaillant et agile ; il n'est pas douteux, et je m'en réjouis, que vous soyez le plus courtois d'entre nous ; c'est là, j'en suis sûr, ce que vous vous imaginez tant vous manquez de jugement. Il est normal que ma dame [1] croie que vous êtes bien plus courtois et plus vaillant que nous tous : c'est par paresse, sans doute, que nous ne nous sommes pas levés, ou bien par négligence. Par Dieu, monsieur, ce n'est rien de tout cela ; quand vous vous êtes levé, nous n'avions pas encore vu ma dame.

— Certes, Keu, fait la reine, vous en crèveriez, je crois bien, si vous ne pouviez épancher le venin dont vous êtes plein. Vous êtes odieux et grossier de chercher querelle à vos compagnons.

— Dame, si votre compagnie ne nous profite pas, fait Keu, veillez à ce qu'elle ne nous nuise pas non plus [2]. Je ne crois pas avoir rien dit qui puisse m'être reproché ; s'il vous plaît, n'en parlez plus : c'est manquer de courtoisie et de jugement que de prolonger une discussion sur des sottises. Cette discussion doit s'arrêter là, inutile de lui accorder plus d'importance. Faites-lui plutôt continuer le récit qu'il avait commencé, car ce n'est pas le moment de se quereller. »

À ces mots, Calogrenant intervint pour répondre :

« Seigneur, fit-il, cette querelle ne m'inquiète guère. À de plus valeureux et de plus avisés que moi, monseigneur Keu, vous avez souvent tenu des propos odieux, car vous en êtes coutumier [3]. Impossible d'empêcher le fumier de puer, le taon de piquer, le bourdon de bourdonner, et le méchant de se rendre odieux et de nuire. Je ne raconterai rien de plus aujourd'hui si ma dame n'insiste pas, et je la prie de n'en plus parler et de ne pas m'imposer une chose qui me déplaît, si elle veut bien me faire cette grâce.

---

1. *Ma dame* : ma suzeraine.
2. *Si votre compagnie [...] pas non plus* : si votre présence n'apporte rien, faites en sorte qu'elle ne nous soit pas désagréable.
3. *Vous en êtes coutumier* : c'est votre habitude.

– Calogrenant, dit la reine, ne vous souciez pas des remarques de monseigneur Keu le sénéchal[1]; il a l'habitude de dire du mal, impossible de l'en corriger. Je vous demande, c'est une prière et un ordre, de ne pas en garder de ressentiment[2] et de ne pas refuser, à cause de lui, de nous raconter une histoire plaisante à entendre si vous voulez être encore mon ami; reprenez donc depuis le début.

– Certes, Dame, ce que vous m'ordonnez de faire m'est bien pénible; si je ne craignais de vous chagriner, je préférerais me laisser arracher un œil plutôt que de leur raconter quelque chose aujourd'hui; mais je ferai ce qui vous agrée[3], quoi qu'il m'en coûte[4]. Puisque vous le voulez, écoutez donc! Prêtez-moi cœur et oreilles, car les paroles qu'on ne fait qu'entendre sont perdues si le cœur ne les saisit.»

Il m'arriva, voici près de sept ans, que, seul comme un paysan, je m'en allais en quête d'aventures, armé de pied en cap[5] comme doit l'être un chevalier, et je trouvai sur ma droite un chemin qui s'engageait dans une épaisse forêt. C'était une voie dangereuse, pleine de ronces et d'épines; avec bien du mal et bien de la peine, je suivis cette voie qui n'était qu'un sentier. Pendant presque toute la journée, je poursuivis ma chevauchée, et je finis par sortir de la forêt : j'étais en Brocéliande[6]. De la forêt, je passai dans une lande, et j'aperçus une tour à une demi-lieue galloise[7]. Je vins à bonne allure de ce côté et j'aperçus la

---

1. *Sénéchal* : officier chargé de l'intendance du palais royal ou de la maison d'un seigneur.
2. *Ressentiment* : rancune, colère.
3. *Ce qui vous agrée* : ce qui vous fait plaisir.
4. *Quoi qu'il m'en coûte* : même si cela m'est désagréable.
5. *De pied en cap* : des pieds à la tête.
6. *Brocéliande* : voir note 2, p. 9.
7. *Demi-lieue galloise* : la lieue galloise mesurait 2 208 m.

palissade, entourée d'un fossé profond et large. Sur le pont, se tenait le maître de cette forteresse, debout, un oiseau de proie sur le poing. Je n'avais pas fini de le saluer que déjà il venait me prendre à l'étrier et m'invitait à descendre. Je descendis car j'avais besoin de faire étape. Il n'attendit pas davantage pour bénir plus de dix fois de suite la route qui m'avait conduit jusque-là. Nous pénétrâmes alors dans la cour et passâmes le pont et la porte. Au milieu de la cour du vavasseur[1] – que Dieu lui donne la joie et l'honneur qu'il m'accorda cette nuit-là ! – était suspendu un plateau où il n'y avait, je crois bien, ni fer ni bois, rien d'autre que du cuivre. Sur ce plateau, avec un maillet[2] qui pendait à un poteau, le vavasseur frappa trois coups. Les gens qui se trouvaient à l'intérieur, entendant retentir les coups de gong, sortirent de la demeure et descendirent dans la cour. Les uns prirent mon cheval que tenait le généreux vavasseur, et je vis s'avancer vers moi une jeune fille belle et gracieuse.

Je m'attardai à la regarder, car elle était belle, fine et élancée. Elle montra beaucoup d'adresse[3] pour ôter mon armure, car ce fut bien et agréablement fait. Ensuite, elle me mit sur les épaules un court manteau, bleu paon, en soie fourrée de petit-gris[4]. Tous autour de nous se retirèrent, nous laissant seuls l'un avec l'autre, ce qui me plut bien, car je ne souhaitais pas d'autre compagnie. Elle m'emmena alors et me fit asseoir dans le plus joli pré du monde, clos tout autour d'un petit muret. Là je la trouvai de si bonnes manières, de conversation si agréable, de si bonne éducation, d'une compagnie si gracieuse et d'un caractère si charmant que je prenais grand plaisir à être avec elle et que j'aurais voulu ne jamais devoir m'éloigner. Mais le soir, l'arrivée du vavasseur

---

1. *Vavasseur* : dans le système féodal, vassal d'un autre seigneur.
2. *Maillet* : marteau de bois.
3. *Adresse* : agilité.
4. *Petit-gris* : fourrure grise, issue d'une variété d'écureuil de Russie.

qui vint me chercher lorsque le moment fut venu de souper[1], me fit l'effet d'un mauvais coup. Il était impossible de m'attarder davantage et, sur-le-champ, j'obéis à son invitation. Du souper, je dirai seulement qu'il me convint tout à fait puisque la jeune fille vint s'asseoir face à moi. Après le repas, le vavasseur me dit qu'il ne savait depuis combien de temps il n'avait hébergé de chevalier errant en quête d'aventure ; il en avait pourtant reçu beaucoup. Il me pria ensuite de lui faire la faveur de m'en revenir par sa maison, si je le pouvais. « Volontiers, seigneur », lui dis-je, car il eût été indigne de refuser ; j'aurais été bien mesquin envers mon hôte si je n'avais accédé à sa requête.

Cette nuit-là, je fus très bien logé, et mon cheval fut sellé sitôt que le jour parut ; je l'avais demandé avec insistance la veille, et ma prière avait été parfaitement entendue. Je recommandai mon bon hôte et sa chère fille à l'Esprit saint, je pris congé de tout le monde, et je partis aussitôt que je le pus. Je ne m'étais guère éloigné de chez eux quand je trouvai, dans des essarts[2], des taureaux sauvages en liberté ; ils se battaient les uns contre les autres et faisaient un tel vacarme, montrant tant de fougue et de férocité, qu'à vous avouer la vérité, j'eus un mouvement de recul, car aucune bête n'a plus de fougue et de férocité que le taureau. Un rustre[3], qui ressemblait à un Maure[4], d'une laideur et d'une hideur extrêmes – si laid qu'on ne saurait le décrire – était assis sur une souche, une grande massue à la main. Je m'approchai du rustre ; je vis qu'il avait une tête énorme, plus grosse que celle d'un roncin[5] ou d'une autre bête, des cheveux en mèches, un

---

1. Souper : manger le repas du soir.
2. Essarts : terrains défrichés.
3. Rustre : voir note 1, p. 13.
4. Maure : habitant du nord de l'Afrique (vieilli).
5. Roncin : cheval de charge ou de travail.

front pelé, plus large que deux mains réunies, des oreilles moussues et immenses, comme celles d'un éléphant, des sourcils énormes, un visage plat, des yeux de chouette, un nez de chat, une bouche fendue comme un loup, des dents de sanglier, pointues et rousses, une barbe noire, des moustaches en broussaille, et le menton soudé à la poitrine, une échine[1] longue, tordue et bossue. Il était appuyé sur sa massue, habillé d'un vêtement extraordinaire, où n'entrait ni lin ni laine ; c'était deux peaux de taureau ou de bœuf, nouvellement écorchées, qu'il avait attachées à son cou.

Le rustre sauta sur ses pieds dès qu'il me vit m'approcher. Je ne sais s'il voulait porter la main sur moi, ni quelles étaient ses intentions, en tout cas je me mis en état de me défendre jusqu'au moment où je vis qu'il restait debout, sans bouger ni faire un mouvement ; il était monté sur un tronc et il avait bien dix-sept pieds[2] de haut. Il se mit à me regarder sans dire un mot, comme aurait fait une bête, et je crus qu'il ne savait pas parler et qu'il était dénué[3] de raison. Cependant, je poussai la hardiesse[4] jusqu'à lui dire :

« Allons, dis-moi si tu es ou non une créature bonne. »

Il me répondit alors :

« Je suis un homme.

– Quel genre d'homme es-tu ?

– Le même que tu vois ; je ne change jamais d'aspect[5].

– Que fais-tu ici ?

– C'est là que je me tiens, et je garde les bêtes dans ce bois.

– Tu les gardes ? Par saint Pierre de Rome, elles ne connaissent pas l'homme ; je ne crois pas qu'en plaine ou en

---

1. *Échine* : colonne vertébrale.
2. *Pieds* : un pied équivalait à 32,4 cm.
3. *Dénué* : privé. « Dénué de raison » est synonyme de fou.
4. *Hardiesse* : témérité, courage.
5. *Je ne change jamais d'aspect* : il n'est donc pas le diable, qui peut, selon les croyances de l'époque, revêtir différentes formes.

bois, ni autre part, on puisse garder une bête sauvage, si elle n'est attachée ou parquée.

— Celles-ci, je les garde et m'en fais craindre en sorte qu'elles ne quitteront jamais cet endroit.

— Comment fais-tu ? Dis-moi la vérité.

— Il n'y en a pas une qui ose bouger dès qu'elles me voient approcher, car quand je peux en attraper une, de mes poings, que j'ai durs et robustes, je la tiens si fort par ses deux cornes que les autres tremblent de peur et se rassemblent autour de moi comme pour crier grâce. Mais en dehors de moi, personne ne pourrait s'y fier et aller se mettre au milieu d'elles : il serait aussitôt tué. Voilà comme je suis maître de mes bêtes, mais toi, tu devrais me dire à ton tour quel genre d'homme tu es et ce que tu cherches.

— Je suis, tu le vois, un chevalier, et je cherche ce que je ne peux trouver ; j'ai beaucoup cherché et je ne trouve rien.

— Et que voudrais-tu trouver ?

— Des aventures pour mettre à l'épreuve ma vaillance et ma hardiesse. Je te demande donc, je te supplie, si tu en sais quelque chose, de m'enseigner aventure ou merveille.

— Pour cela, fait-il, c'est peine perdue. Les "aventures", je n'en sais rien et je n'en ai jamais entendu parler. Mais si tu voulais aller non loin d'ici, jusqu'à une fontaine, tu n'en reviendrais pas sans mal si tu t'acquittais de ce qu'elle exige. Non loin d'ici, à l'instant même, tu trouveras un sentier qui t'y conduira. Suis-le sans faire de détours, si tu ne veux pas perdre tes pas, car tu pourrais vite t'égarer : il y a beaucoup d'autres chemins. Tu verras la fontaine qui bout, et qui pourtant est plus froide que du marbre. Elle est à l'ombre du plus bel arbre que Nature ait jamais formé. En toutes saisons il garde ses feuilles, sans jamais les perdre, quelle que soit la rigueur de l'hiver. Un bassin de fer y est suspendu à une longue chaîne qui descend jusque dans la fontaine. À côté de la fontaine, tu trouveras un bloc de pierre :

tu verras ce qu'il en est (je suis incapable de te le dire, jamais je n'en ai vu de semblable); de l'autre côté, il y a une chapelle, petite mais très belle. Si tu veux puiser de l'eau avec le bassin et la répandre sur la pierre, tu verras une tempête si terrible qu'il ne restera pas une bête dans cette forêt, ni chevreuil, ni cerf, ni daim, ni sanglier; même les oiseaux la quitteront. Car tu verras la foudre tomber, le vent souffler, les arbres se briser, de la pluie, du tonnerre, des éclairs, tout cela avec une telle violence que, si tu peux t'en aller sans de graves ennuis et sans qu'il t'en coûte, tu auras plus de chance que tous les chevaliers qui y soient jamais allés. »

Je quittai le rustre qui m'avait bien montré le chemin. On était alors à peu près au milieu de la matinée et il pouvait être près de midi quand j'atteignis l'arbre et la fontaine. Pour l'arbre, en un mot, je suis convaincu que c'était le plus beau pin qui ait jamais poussé sur terre. Je ne pense pas qu'il y ait jamais eu de pluie assez forte pour qu'une goutte d'eau le traverse : tout coulait par-dessus. Je vis le bassin suspendu à l'arbre, de l'or le plus fin qu'on ait encore jamais trouvé à acheter sur une foire. Pour la fontaine, croyez-le, elle bouillait comme de l'eau chaude. La pierre était faite d'un bloc d'émeraude creux comme un vase, porté par quatre rubis, plus flamboyants et plus vermeils[1] que le soleil du matin quand il monte à l'orient. Je tiens à ne pas m'écarter d'un mot de la vérité pour vous raconter la suite. Je voulus voir la merveille de la tempête et de l'orage, mais je n'eus pas lieu de m'en réjouir, car, si je l'avais pu, je m'en serais repenti[2] sitôt qu'avec l'eau du bassin j'eus arrosé la pierre creuse. J'en versai trop, je le crains, car je vis le ciel se déchirer si violemment que les éclairs venaient me frapper les yeux de plus de vingt côtés, et les nuages, dans un énorme chaos, déversaient pluie,

---

1. ***Vermeils*** : d'un rouge éclatant.
2. ***Je m'en serais repenti*** : j'aurais regretté cette faute.

neige et grêle. Ce fut une tempête si terrible et si violente que cent fois je pensai périr de la foudre qui tombait autour de moi et des arbres qui se brisaient. Je fus terrifié, sachez-le, jusqu'au moment où la tempête fut calmée. Mais Dieu voulut me rassurer,
245 car elle ne dura guère et toutes les bourrasques s'apaisèrent ; puisque Dieu l'avait décidé, elles n'osèrent souffler.

Quand je vis l'air clair et pur, tout joyeux, je retrouvai mon assurance, car la joie, si je sais ce dont je parle, dissipe vite de lourds tourments[1]. Aussitôt que la tempête fut passée, je vis sur
250 le pin un grand rassemblement d'oiseaux, si grand, si on veut bien me croire, qu'on ne voyait ni branche ni feuille : tout était couvert d'oiseaux ; l'arbre en était magnifique. Ils chantaient tous ensemble en un chœur parfait, tout en suivant chacun un motif différent ; jamais je n'en entendis deux chanter la même mélodie.
255 Leur joie me rendit la mienne, et je les écoutai jusqu'à ce qu'ils eussent achevé tout d'un trait leur office[2]. Jamais encore, je n'avais entendu pareille allégresse[3], et personne non plus, je crois, à moins d'aller écouter celle qui me charma et me donna tant de bonheur que je dus bien m'en tenir pour fou. J'y demeurai tant
260 que j'entendis venir, me sembla-t-il, une troupe de chevaliers ; je pensai qu'ils étaient bien dix, tel était le vacarme que faisait à lui seul le chevalier qui arrivait.

Quand je vis qu'il venait tout seul, je sanglai aussitôt mon cheval et sautai en selle sans retard ; il arrivait plein de fureur,
265 plus rapide que l'aigle, l'air féroce d'un lion.

Criant le plus fort qu'il pouvait, il se mit à me défier :

« Vassal[4], dit-il, sans même lancer de défi vous m'avez couvert de honte et gravement outragé[5]. Vous auriez dû me porter un défi,

---

1. *Tourments* : voir note 7, p. 27.
2. *Office* : cérémonie religieuse (il s'agit ici d'une image : les oiseaux sont comparés à des religieux qui récitent des prières en chantant).
3. *Allégresse* : joie visible.
4. *Vassal* : en apostrophe, le terme est injurieux.
5. *Outragé* : offensé, injurié.

s'il y avait contestation entre nous, ou au moins faire valoir votre droit avant d'engager les hostilités [1]. Mais, si je peux, monsieur le chevalier, ce mal retombera sur vous ; le dommage est visible ; autour de moi, mon bois abattu m'en est garant. On doit se plaindre quand on est battu, et je peux me plaindre à bon droit, car vous m'avez chassé de ma demeure avec la foudre et la pluie. Vous m'avez causé un tort qui m'est insupportable (et malheur à qui peut s'en réjouir) car vous avez attaqué mon bois et mon château avec tant de violence qu'une troupe d'hommes, des armes ou des murailles ne m'auraient été d'aucun secours. Il n'était pas question de trouver un abri, aurait-on eu là une forteresse de bois ou de pierre dure. Désormais, soyez sûr que vous n'obtiendrez de moi ni paix ni trêves [2]. »

Sur ces mots, nous lançons l'un contre l'autre, les écus [3] passés au bras ; chacun alors se couvrit du sien. Le chevalier avait un cheval de valeur et une lance [4] solide ; il me dépassait sûrement de toute la tête. C'est ainsi que mon malheur fut complet : j'étais plus petit que lui et son cheval était meilleur que le mien. Je rapporte toute la vérité, soyez-en sûrs, pour atténuer ma honte. Je le frappai du plus fort que je pus, sans me ménager ; je l'atteignis sur le haut de l'écu ; j'y avais mis toute ma force si bien que ma lance vola en éclats ; mais la sienne demeura intacte, car elle n'était pas légère mais pesait plus, me semble-t-il, qu'aucune lance de chevalier : je n'en avais jamais vu d'aussi grosse. Le chevalier me frappa

---

1. *Hostilités* : actes malveillants, combats.
2. *Trêves* : répits, arrêts provisoires des hostilités.
3. *Écus* : boucliers de 1,5 m de haut, 70 cm de large, en bois cambré recouvert de cuir plus ou moins orné (armoiries). Le chevalier porte l'écu autour du cou par une sangle, la guiche, et, pendant les combats, le tient en passant le bras dans les courroies fixées à l'intérieur, les énarmes.
4. *Lance* : le plus souvent en frêne, elle mesure environ 3 m de long pour un poids de 2 à 5 kg. Elle est prolongée par un fer en acier bruni, triangulaire ou en losange.

si violemment qu'il me fit passer par-dessus la croupe de mon cheval et me jeta tout à plat à terre.

295 Il m'abandonna honteux et découragé, sans même me jeter un regard. Il prit mon cheval ; moi, il me laissa, et il s'en retourna. Alors, complètement perdu, je restai là plein d'angoisse et de tristesse. Je m'assis à côté de la fontaine un moment, et me reposai. Je n'osai pas suivre le chevalier, craignant de faire une 300 sottise. Et même si j'avais osé le suivre, je ne savais pas ce qu'il était devenu. Finalement, je voulus tenir la promesse faite à mon hôte et m'en revenir vers lui. C'est ce que je décidai et c'est ce que je fis, mais je jetai à terre toute mon armure, pour aller plus légèrement, et je m'en revins honteusement.

305 Quand j'arrivai le soir chez lui, je trouvai mon hôte dans les mêmes dispositions, aussi cordial et aussi courtois qu'auparavant. Je n'aperçus rien de changé ni en sa fille ni en lui : ils se montrèrent aussi heureux de me voir et ne me firent pas moins d'honneur que la veille. Tous, dans la demeure, grâces leur soient 310 rendues, me traitèrent avec beaucoup d'égards[1] ; ils disaient que jamais personne, à ce qu'ils savaient ou à ce qu'ils avaient entendu dire, n'avait réchappé de là dont je venais : on y trouvait la mort ou la prison. C'est ainsi que j'allai, ainsi que je revins ; à mon retour, je me tins pour fou. Et j'ai été bien fou de vous raconter 315 ce dont jamais encore je n'avais voulu faire le récit.

« Sur ma tête, fait monseigneur Yvain, vous êtes mon cousin germain, aussi nous devons-nous l'un à l'autre une grande amitié ; je peux donc bien dire que vous avez été fou de m'avoir si longtemps caché cette histoire. Si je vous ai traité de fou, je vous prie 320 de ne pas vous en fâcher, car, si je peux et si j'en ai l'occasion, j'irai venger votre honte. »

Tandis qu'ils parlaient, le roi sortit de la chambre où il s'était beaucoup attardé, car il avait dormi jusqu'à ce moment-là. Les barons, quand ils le virent, se levèrent tous à son approche, et lui

---

1. *Égards* : considérations, marques d'attention.

325 les fit tous se rasseoir et prit place auprès de la reine. Celle-ci, aussitôt, lui rapporta par le menu les aventures de Calogrenant, dont elle fit un récit parfait. Le roi les écouta avec plaisir, et fit trois serments[1] complets en jurant sur l'âme d'Uterpandragon, son père, sur l'âme de son fils, et sur l'âme de sa mère, qu'avant
330 quinze jours passés, il irait voir la fontaine, ainsi que la tempête et la merveille ; il y arrivera la veille de la Saint-Jean-Baptiste et y fera étape cette nuit-là. Il ajouta que viendraient avec lui tous ceux qui voudraient s'y rendre. La décision du roi accrut son prestige auprès de la cour, car tous désiraient vivement y aller, tant barons
335 que jeunes chevaliers. Mais qu'importent ceux qui s'en réjouirent, monseigneur Yvain, lui, en fut affligé[2], car il pensait y aller tout seul. Il fut tourmenté et anxieux d'apprendre que le roi devait s'y rendre.

S'il en fut fâché, c'est uniquement parce qu'il savait bien que
340 monseigneur Keu était sûr d'obtenir le combat avant lui ; s'il le réclamait, on ne le lui refuserait pas ; à moins que monseigneur Gauvain lui-même, c'est possible, n'en fasse le premier la demande ; si l'un de ces deux-là le réclame, on ne le leur refusera pas. Mais il ne les attendra pas, car il ne désire pas leur compa-
345 gnie ; il ira tout seul, c'est décidé, pour son bonheur ou pour sa peine ; reste qui voudra, lui, il veut être avant trois jours en Brocéliande[3], et sa quête, s'il peut, n'aura de cesse qu'il n'ait trouvé, – c'est le souci qui le ronge –, le sentier étroit, plein de broussailles, la lande, le manoir fortifié, la plaisante compagnie de la
350 courtoise demoiselle, si accueillante et si belle, et, avec sa fille, le noble chevalier qui s'épuise à faire honneur à ses hôtes, tant il est généreux et de bonne naissance. Il verra ensuite les taureaux et l'essart, et le grand rustre qui les garde. Il lui tarde de voir ce

---

1. *Serments* : promesses ou affirmations solennelles.
2. *Affligé* : attristé, déçu.
3. *Brocéliande* : voir note 2, p. 9.

rustre terriblement laid, grand, hideux, difforme, noir comme un
forgeron. Ensuite il verra, s'il le peut, le perron, la fontaine, le
bassin, les oiseaux sur le pin ; il fera venir la pluie et le vent. Mais
il ne veut pas commencer à s'en vanter, et, c'est décidé, personne
ne le saura jusqu'à ce qu'il en soit couvert d'opprobre[1] ou de
gloire ; qu'alors seulement soit connue l'affaire.

■ Miniature du Moyen Âge représentant la défaite de Calogrenant.

---

1. *Opprobre* : honte.

40 | Yvain ou le Chevalier au lion

Yvain tente l'aventure de la fontaine

Monseigneur Yvain s'esquive et quitte la cour sans parler à personne, il va seul à son logis. Il y trouve tous ses gens, commande qu'on selle son cheval et appelle un de ses écuyers[1] à qui il ne cachait rien : « Allons, fait-il, suis-moi hors de la ville et apporte-moi mes armes. Je vais sortir par cette porte sur mon palefroi[2] au pas. Surtout ne tarde pas, car j'ai un long voyage à faire ; fais mettre de bons fers à mon cheval[3] et amène-le-moi vite ; tu ramèneras mon palefroi. Mais garde-toi[4] bien, je te l'enjoins, si l'on te demande de mes nouvelles, de ne rien dire ; tu sais que présentement tu peux me faire confiance, mais pour lors tu aurais tout à craindre.

– Seigneur, fait-il, soyez tranquille, personne ne saura rien de moi ; partez, je vous rejoindrai là-bas. »

Monseigneur Yvain monte aussitôt à cheval, il vengera, s'il le peut, la honte de son cousin avant de revenir. L'écuyer court chercher les armes et le cheval, et enfourche la monture sans

---

1. *Écuyers* : jeunes nobles qui accompagnent les chevaliers à la guerre, portent leur écu, les aident à prendre les armes et à se désarmer en attendant qu'eux-mêmes soient armés chevaliers.
2. *Palefroi* : cheval de voyage et de parade.
3. *Mon cheval* : ce « cheval », c'est le destrier, ainsi nommé parce que l'écuyer le conduisait de la main droite, cheval de bataille, fougueux, dressé pour les joutes à la lance.
4. *Garde-toi* : abstiens-toi.

s'attarder plus car il ne manquait ni fer ni clou. Il s'élance sur les traces de son seigneur qui l'attendait, loin du chemin, à l'écart. L'écuyer qui lui avait apporté ses armes et son équipement l'aida
20 à s'en revêtir.

Une fois armé, monseigneur Yvain ne perdit pas un instant mais se mit en route, cheminant chaque jour, par montagnes et par vallées, par forêts épaisses, par lieux étranges et sauvages, affrontant maints[1] passages terribles, maints dangers, maintes
25 difficultés, si bien qu'il arriva droit sur le sentier plein de ronces et de nuit. Alors il se sentit en sécurité : il ne pourrait plus se perdre.

Qu'importe le prix à payer, il continuera jusqu'à ce qu'il voie le pin qui ombrage la fontaine, et le perron, et la tempête avec la
30 grêle, la pluie, le tonnerre, le vent. Le soir, vous vous en doutez, il fut hébergé comme il le souhaitait, car il trouva encore plus de bien et d'honneur dans le vavasseur[2] qu'on ne lui en avait rapporté, et dans la jeune fille, il put voir à son tour cent fois plus de sagesse et de beauté que n'en avait conté Calogrenant, car on
35 ne peut dire la perfection d'une femme de qualité et d'un sage chevalier. Quand un tel homme atteint l'excellence, on ne pourra tout conter de lui ; les mots manquent pour retracer les égards[3] que peut prodiguer[4] un sage chevalier.

Monseigneur Yvain, cette nuit-là, reçut une hospitalité excel-
40 lente et qui lui plut extrêmement. Le lendemain, il parvint aux essarts[5], vit les taureaux et le rustre[6] qui lui indiqua le chemin ; mais il se signa[7] plus de cent fois, confondu d'étonnement que

---

1. *Maints* : un grand nombre de.
2. *Vavasseur* : voir note 1, p. 31.
3. *Égards* : voir note 1, p. 38.
4. *Prodiguer* : donner.
5. *Essarts* : voir note 2, p. 32.
6. *Rustre* : voir note 1, p. 13.
7. *Il se signa* : il fit le signe de croix pour se protéger d'une présence diabolique.

Nature ait pu faire une créature aussi laide et fruste[1]. Il alla ensuite jusqu'à la fontaine, y vit tout ce qu'il voulait voir ; sans marquer d'arrêt et sans s'asseoir, il versa sur le perron un plein bassin d'eau. Aussitôt, il venta et plut, et la tempête attendue se déchaîna. Quand Dieu ramena le beau temps, les oiseaux vinrent sur le pin et firent fête merveilleuse au-dessus de la fontaine périlleuse. Avant que la fête ne fût apaisée, arriva, enflammé d'une colère plus vive que la braise, le chevalier, dans un tel vacarme qu'on aurait dit qu'il chassait un cerf en rut. À peine se furent-ils aperçus qu'ils s'élancèrent l'un contre l'autre et laissèrent paraître la haine mortelle qu'ils se portaient. Chacun avait une lance[2] rigide et solide ; ils échangèrent de si grands coups que les deux écus[3] qui pendaient à leurs cous sont percés et les hauberts[4] démaillés ; les lances se fendent et éclatent et les tronçons sont projetés dans les airs. Ils s'attaquent alors à l'épée[5] ; à grands coups, ils tranchent les courroies des écus, ils les brisent, taillant de tous côtés si bien que des morceaux en pendent et qu'ils ne peuvent plus s'en couvrir pour se défendre. Ils les ont si bien tailladés que les épées étincelantes ont accès libre aux flancs, aux bras, aux hanches. Ils se mesurent avec rage et ne cèdent pas un pouce[6] de terrain, on aurait dit deux rocs ; jamais on ne vit deux chevaliers plus désireux de hâter leur mort. Ils évitent de gaspiller leurs coups et les ajustent du mieux qu'ils

---

1. Fruste : grossière, qui manque de finesse.
2. Lance : voir note 4, p. 37
3. Écus : voir note 3, p. 37.
4. Hauberts : cottes de mailles, tuniques métalliques protégeant de la tête aux genoux. Le capuchon ou chapel protège la nuque et le bas du visage. On plaçait une coiffe de laine entre le chapel et le casque. Ce casque, c'est le heaume en acier, de forme conique, lié au haubert par des lacets de cuir. Le nasal protège le nez.
5. Épée : voir note 1, p. 12.
6. Pouce : ancienne mesure de longueur.

peuvent ; les heaumes[1] se cabossent et se plient, les mailles des hauberts volent, ils font couler beaucoup de sang ; leurs haubers en sont tout chauds et ne valent guère mieux qu'un froc de moine[2] pour l'un comme pour l'autre. De la pointe de l'épée,
70 ils se frappent en plein visage ; il est extraordinaire que puisse se prolonger un combat d'une telle violence. Mais tous deux sont si déterminés, qu'à aucun prix l'un ne céderait à l'autre un pied de terrain avant de le blesser à mort. Signe de leur haute valeur : jamais ils ne frappèrent ni ne blessèrent les chevaux ; ils ne le
75 voulaient ni ne le daignaient. Ils restèrent constamment à cheval, et ne mirent jamais pied à terre : le combat en fut d'une plus grande beauté.

Finalement, monseigneur Yvain brisa le heaume du chevalier qui resta hébété et étourdi du coup ; son trouble fut profond, car
80 jamais il n'avait essuyé de coup aussi terrible ; sous la coiffe, Yvain lui avait fendu la tête jusqu'à la cervelle, si bien que la maille du blanc haubert était maculée de cervelle et de sang. Le chevalier en ressentit une telle douleur, que le cœur fut bien près de lui manquer.

85 S'il prit la fuite, il n'eut point tort ; car il se sentait blessé à mort ; se défendre ne lui aurait été d'aucun secours. Il prit donc la fuite aussitôt qu'il en prit conscience, et se précipita vers son château ; on lui abaissa le pont et on lui ouvrit toute grande la porte ; monseigneur Yvain, à toute allure, le plus vite qu'il pou-
90 vait, donnait de l'éperon à sa suite[3]. Comme le gerfaut[4] qui fond[5] sur une grue, prend son élan de loin, arrive si près qu'il

---

1. *Heaumes* : casques en acier de forme conique. Voir aussi note 4, p. 43.
2. *Qu'un froc de moine* : qu'un habit de moine.
3. *Donnait de l'éperon à sa suite* : l'éperon est une pointe acérée fixée sur le talon de la botte, que le cavalier enfonce dans le flanc de son cheval pour le faire aller plus vite. Ici, l'expression signifie qu'Yvain suit son adversaire de près.
4. *Gerfaut* : rapace utilisé dans la fauconnerie. La *grue* est un échassier.
5. *Fond* : ici, plonge, s'abat.

est sur le point de la saisir et ne la touche pas encore, ainsi l'un fuit et l'autre le poursuit de si près qu'il le tient presque, sans pourtant pouvoir l'atteindre ; il est si près qu'il l'entend gémir
95 sous la douleur qu'il éprouve ; mais l'un ne pense qu'à fuir, et l'autre s'évertue à le pourchasser, car il craint d'avoir perdu sa peine, s'il ne le saisit mort ou vif.

En effet, il ne sera pas quitte de la promesse faite à son cousin, et on ne pourra pas le croire, s'il ne rapporte des preuves
100 indubitables. Piquant des éperons, le chevalier l'a mené jusqu'à la porte de son château, et ils y ont pénétré tous les deux. Personne dans les rues où ils s'engouffrent ; les voici tous deux au grand galop à la porte du palais.

La porte était très haute et très large, mais le passage était si
105 étroit que deux hommes ou deux chevaux ne pouvaient entrer ensemble ou s'y croiser sans se mettre en fâcheuse posture ; elle était faite à la manière de l'arbalète à l'affût du rat qui vient s'adonner à ses pillages, avec la lame qui le guette au-dessus prête à fondre, à frapper et à prendre, jaillissant et tombant aussi-
110 tôt que quelque chose touche la cheville[1], fût-ce en l'effleurant. C'est ainsi que sous l'entrée se trouvaient deux trébuchets[2] qui retenaient dans la voûte une porte coulissante, en fer aiguisé et tranchant. Si l'on venait à monter sur ces pièges, la porte tombait d'en haut, et tout ce qu'elle atteignait ne pouvait manquer d'être
115 tranché. Au milieu de l'entrée, le passage n'était pas plus large que la trace d'un sentier. Le chevalier s'engagea par le bon passage, en homme averti, mais monseigneur Yvain, sans réfléchir, piqua à vive allure derrière lui. Il le serrait de si près qu'il le prit par l'arrière de l'arçon[3], et ce fut pour lui une chance que de

---

1. *Cheville* : tige de bois ou de métal.
2. *Trébuchets* : pièges comportant un système à bascule.
3. *Arçon* : chacune des deux pièces de bois qui composent la selle d'un cheval.

s'être ainsi penché en avant, car sans cette circonstance, il eût été coupé en deux. Son cheval en effet marcha sur la planche qui retenait la porte de fer, elle descendit et tomba avec un bruit d'enfer. Elle atteignit la selle et l'arrière du cheval, trancha tout en deux, mais, Dieu merci, ne toucha pas monseigneur Yvain ; elle s'abattit seulement au ras de son dos, au point de lui trancher les deux éperons au ras des talons. Il tomba à terre tout empli d'épouvante.

Ainsi lui échappa celui qu'il avait blessé à mort. À l'autre bout, il y avait une autre porte semblable à celle de l'entrée, et c'est par cette porte que le chevalier en fuite disparut ; la porte tomba derrière lui. Monseigneur Yvain était prisonnier.

■ Combat de chevaliers. Miniature extraite de *Lancelot du lac*. Bibliothèque nationale.

Lunete sauve Yvain

Fort inquiet et embarrassé, il se retrouva enfermé à l'intérieur de la salle : le plafond en était entièrement constellé de clous dorés et les murs étaient recouverts de peintures splendides aux couleurs précieuses. Mais rien ne l'affligeait[1] plus que de ne pas savoir de quel côté s'en était allé son adversaire. Au cœur de sa détresse, il entendit s'ouvrir tout près la porte étroite d'une petite chambre ; il en sortit une demoiselle, seule, fort gracieuse et fort belle, qui referma la porte derrière elle.

Quand elle trouva monseigneur Yvain, elle commença par en être épouvantée.

« Certes, dit-elle, chevalier, je crains que vous ne soyez mal accueilli. Si vous restez prisonnier ici, vous serez mis en pièces, car mon maître est blessé à mort, et je sais bien que c'est vous qui l'avez tué. Ma dame en laisse voir une violente affliction[2], et ses gens autour d'elle ne sont que cris ; tous sont bien près de se tuer de chagrin. Ils savent que vous êtes ici, mais ils sont plongés dans une telle douleur qu'ils n'arrivent pas à décider s'ils veulent vous tuer ou vous faire prisonnier ; ils ne manqueront pas de le faire quand ils viendront vous attaquer. »

Monseigneur Yvain lui répondit :

« Certes, s'il plaît à Dieu, ils ne me tueront pas, et ils ne me feront pas prisonnier non plus.

---

1. Affligeait : voir note 2, p. 39.
2. Affliction : douleur profonde.

— Non, dit-elle, car je vais m'y employer de toutes mes forces avec vous. Il n'est pas digne d'un vaillant chevalier de se livrer à une peur excessive : et à vous voir contenir votre frayeur, je vous crois vaillant chevalier. Sachez-le, si je le pouvais, je serais prête à vous servir avec honneur, car c'est ainsi que vous m'avez traitée jadis. Un jour, ma dame m'envoya en messagère à la cour du roi. Peut-être n'étais-je pas aussi bien éduquée, aussi courtoise[1] ou aussi naturellement noble que doit l'être une jeune fille, mais il n'y eut aucun chevalier qui daignât m'adresser un mot en dehors de vous seul que je vois ici. Car, je vous en rends grâces, vous m'avez servie avec honneur ; et je vous revaudrai l'honneur avec lequel vous m'avez traitée. Je sais bien comment vous vous appelez, je vous ai bien reconnu : vous êtes le fils du roi Urien et on vous nomme monseigneur Yvain. Soyez donc sûr et certain, si vous consentez à me croire, que vous ne serez jamais ni capturé ni mis à mal. Vous prendrez cet anneau que je vous donne, et, si vous le voulez, vous me le rendrez, quand je vous aurai délivré. »

Elle lui remit alors son anneau en lui disant qu'il avait la même vertu que l'écorce sur le tronc : elle le recouvre et n'en laisse rien voir mais il faut le saisir en tenant la pierre enfermée dans son poing. On n'a plus rien à craindre quand on a l'anneau au doigt, car on ne peut être vu de personne, même s'il ouvre grands les yeux, tout comme est invisible le tronc recouvert de l'écorce qui croît sur lui. Voilà qui plaît bien à monseigneur Yvain. Cela dit, elle le fit asseoir sur un lit recouvert d'une couverture si riche que jamais le duc d'Autriche n'en eut de semblable ; elle ajouta que s'il le voulait, elle lui apporterait à manger, et il répondit qu'il en avait bien envie. La demoiselle courut rapidement dans sa chambre, et revint très vite apportant un chapon[2] rôti, un gâteau, une nappe, un vin de bon cru (un

---

1. *Courtoise* : voir note 3, p. 27.
2. *Chapon* : coq castré et engraissé, à chair tendre.

plein pot, couvert d'un blanc hanap[1]). Elle lui présenta à manger, et lui, qui en avait bien besoin, se restaura et but de
55 bon cœur.

Il avait fini de manger et de boire quand se répandirent dans le château les chevaliers à sa recherche ; ils voulaient venger leur seigneur qui avait déjà été mis en bière[2].
«Ami, lui dit-elle, vous entendez qu'ils sont déjà tous à vous
60 chercher, ils mènent grand bruit et grand tapage ; mais sans vous soucier des entrées et des sorties, ne bougez pas, ignorez ce tapage, car on ne vous trouvera jamais si vous restez sur ce lit. Vous allez voir cette salle envahie par une foule de gens hostiles[3] et méchants, persuadés qu'ils seront de vous trouver là. Je pense
65 qu'ils feront passer le corps par ici pour le mettre en terre ; ils se mettront à vous chercher, sous les bancs, sous les lits. Pour un homme que la peur épargnerait, ce serait plaisir et divertissement que de voir des gens aveuglés de la sorte. Car ils seront tous si aveugles, si dépités, si bernés, qu'ils en deviendront fous de rage.
70 Je ne vois pas ce que je peux ajouter, et je n'ose pas m'attarder davantage. Mais je tiens à remercier Dieu qui m'a donné l'occasion et la chance de pouvoir vous être agréable, car j'en avais grand désir.»

Elle est alors retournée sur ses pas, et aussitôt, toute la foule,
75 en armes, se présenta aux portes, à l'entrée et à la sortie, bâtons et épées en main. Il y avait là un grand nombre de gens méchants et agressifs. Ils aperçurent devant la porte la moitié du cheval qui avait été coupé en deux. Ils étaient donc assurés, leur semblait-il, de trouver à l'intérieur, une fois les portes ouvertes,
80 celui qu'ils cherchaient pour le tuer. Ils firent alors remonter les

---

1. *Hanap* : au Moyen Âge, grande coupe à boire.
2. *Mis en bière* : inhumé. «Bière» est un synonyme de «cercueil».
3. *Hostiles* : malveillants.

portes qui avaient causé bien des morts, mais, cette fois-ci, ni
trébuchet [1] ni piège n'avaient été tendus et tous y pénétrèrent de
front ; ils trouvèrent près du seuil l'autre moitié du cheval tué
devant le seuil ; mais, tous, tant qu'ils étaient, il leur était impos-
85 sible de voir monseigneur Yvain qu'ils brûlaient de mettre à
mort. Quant à lui, il les voyait fous de rage, perdre la tête et
éclater :

« Que signifie cela ? disaient-ils. Il n'y a ici ni porte ni fenêtre
par où l'on puisse s'évader à moins d'être oiseau et de voler, ou
90 écureuil, ou rat, ou bestiole aussi petite ou plus encore, car les
fenêtres ont des barreaux et les portes étaient closes quand monseigneur en sortit. Mort ou vif, le corps est à l'intérieur, car
dehors il n'y en a trace. Il y a largement plus de la moitié de la
selle à l'intérieur, nous le voyons bien, et nous ne trouvons pas
95 trace de lui, sauf les éperons qui lui ont été tranchés aux pieds.
Fouillons tous les recoins, et ne nous attardons pas sur cette
vision trompeuse : il est encore ici, à moins que nous ne soyons
tous victimes d'un sortilège ou que les diables ne nous l'aient
dérobé [2]. »

100 Emportés par la colère, ils le cherchaient partout dans la salle,
ils frappaient contre les murs, sur les lits, sur les bancs, mais le
lit sur lequel Yvain était couché fut épargné et échappa aux
coups ; aucun ne l'atteignit. Pourtant, des coups, il en pleuvait
tout autour, et ils bataillaient partout avec leurs bâtons, comme
105 un aveugle qui cherche quelque chose à tâtons. Tandis qu'ils
étaient occupés à fouiller sous les lits et sous les bancs, arriva une
des plus belles dames qu'on puisse voir ici-bas. Jamais encore on
n'a évoqué une aussi belle chrétienne. Mais elle était folle de
douleur et il s'en fallait de peu qu'elle ne se tue ; par moments,
110 elle poussait des cris tout ce qu'elle pouvait de perçant, et tombait à terre sans connaissance ; et quand on l'avait relevée,

---

1. *Trébuchet* : voir note 2, p. 45.
2. *Dérobé* : enlevé, volé.

comme une femme qui a perdu la tête, elle se mettait à s'écorcher, à s'arracher les cheveux. Elle s'arrache les cheveux, elle déchire ses vêtements, et perd connaissance à chaque pas ; pour elle, pas de consolation quand elle voit porter devant elle la bière qui renferme son époux mort ; comment pourrait-elle jamais s'en consoler ? Elle en criait à voix aiguë. En tête allaient l'eau bénite, les croix et les cierges portés par les religieuses d'un couvent, puis venaient les livres, les encensoirs[1] et les prêtres, à qui appartient le privilège de dispenser la haute absolution[2] à laquelle la pauvre âme aspire.

Monseigneur Yvain entendait les cris de douleur : jamais on ne réussira à en donner une description juste, personne ne saurait le faire. Le cortège passa, mais au milieu de la salle, se fit un grand remue-ménage de gens qui s'assemblaient autour de la bière, car de la plaie du mort s'écoulait un sang chaud, clair et vermeil[3]. C'était là un signe véridique que celui qui avait engagé le combat et qui avait tué et vaincu leur seigneur, de toute évidence, se trouvait encore à l'intérieur. Alors on fouille partout, on cherche, on renverse, on retourne. Les cris ne cessaient de croître à la vue des plaies qui crevaient. Tous s'interrogent devant le prodige qui les fait saigner, et restent impuissants, ne sachant à qui s'en prendre. Chacun alors de dire :

« Il est parmi nous, le meurtrier, et nous ne le voyons pas. Le diable et sa magie s'en mêlent. »

La dame n'en pouvait plus de douleur, elle en délirait ; elle criait à en perdre la tête :

---

1. *Encensoirs* : contenants dans lesquels on fait brûler l'encens durant les cérémonies.
2. *Dispenser la haute absolution* : accorder le pardon qui permet d'accéder au paradis.
3. *Vermeil* : voir note 1, p. 35.

« Ah, Dieu, ne trouvera-t-on pas l'assassin, le traître qui a tué mon vaillant époux ? Vaillant ? Plutôt le plus valeureux des vaillants ! Vrai Dieu, la faute t'en reviendrait, si tu le laisses échapper. Je ne peux accuser que toi, puisque tu le dérobes à ma vue. Jamais on n'a vu une violence ou un déni de justice semblables à ce que par toi je subis quand tu ne permets même pas que je le voie, alors qu'il est tout près de moi. Puisque je ne le vois pas, il est juste que je dise que, parmi nous, ici, s'est glissé un fantôme ou un diable. Je suis victime d'un maléfice. À moins que ce ne soit un lâche qui a peur de moi ? C'est un lâche puisque je le fais trembler. Il faut être bien lâche pour ne pas oser se montrer devant moi ! Ah, fantôme, lâche créature, pourquoi tant de lâcheté devant moi, quand tu eus tant d'audace devant mon époux ? Ombre vaine, ombre lâche, que ne t'ai-je à présent en mon pouvoir ? Que ne puis-je à présent te tenir ? Mais comment a-t-il pu se faire que tu aies tué mon époux ? Tu l'as tué par traîtrise ? Jamais tu n'aurais pu vaincre mon époux s'il t'avait vu, car on ne pouvait lui comparer personne ; ni Dieu ni homme ne connaissait son pareil, et désormais il n'est plus personne comme lui. Certes, si tu avais été un être mortel, tu n'aurais pas osé attendre mon époux, car personne ne pouvait rivaliser avec lui. »

Voilà comme elle se malmène, comme elle s'en prend à elle-même et se torture et se détruit elle-même, et, autour d'elle, ses gens font éclater la douleur la plus vive. On emporte le corps et on l'enterre. Ils ont cherché partout, ils ont tout remué, ils n'en peuvent plus de fouiller ; ils abandonnent, écœurés : impossible de voir personne qui offre prise au moindre soupçon. Les religieuses et les prêtres avaient achevé la cérémonie ; à leur tour ils avaient quitté l'église et étaient arrivés à la sépulture.

Mais la demoiselle de la chambre ne s'en préoccupait aucunement ; elle s'était souvenue de monseigneur Yvain, et venait en hâte vers lui :

« Cher seigneur, dit-elle, c'était une véritable invasion que ces gens dans cette salle. Ils ont tout retourné ici et fouillé les moindres recoins, plus minutieusement que des chiens de chasse quand ils sont sur la trace d'une perdrix ou d'une caille ; vous avez sûrement eu peur.

– Ma foi, dit-il, vous avez raison, je n'ai jamais eu de plus grande peur. Mais, s'il était possible, j'aimerais bien regarder dehors et trouver une ouverture ou une fenêtre pour voir le cortège et le corps. »

En fait, il ne s'intéressait ni au corps ni au cortège ; il les aurait bien voulus au diable, lui en eût-il coûté mille marcs[1] – mille marcs ? Oui, par ma foi, ou même trois mille marcs ! Tout ce qu'il voulait, c'était voir la dame du château. La demoiselle le plaça à une petite fenêtre ; elle tenait à lui revaloir de son mieux la conduite courtoise qu'il avait eue à son égard[2]. Par la fenêtre monseigneur Yvain observait la belle dame ; elle disait :

« Cher époux, que Dieu prenne votre âme en pitié, car jamais, je crois, chevalier prêt au combat n'approcha de votre valeur. Personne, cher époux, n'égala votre sens de l'honneur, personne ne fut d'aussi bonne compagnie. Générosité était votre amie, et courage votre compagnon. Que votre âme soit maintenant en la société des saints, très cher époux. »

Elle se frappe et déchire tout ce que ses mains rencontrent. Monseigneur Yvain a bien de la peine à s'empêcher, quoi qu'il puisse arriver, de courir lui tenir les mains. Mais la demoiselle, avec beaucoup de courtoisie et de délicatesse, lui fait prière et supplication, recommandation et objurgation, de n'aller point commettre de folie.

« Vous êtes ici en sécurité, disait-elle, ne bougez pas tant que ce deuil n'est pas apaisé ; laissez ces gens s'en aller, ils ne vont

---

1. Marcs : unités de poids pour les métaux précieux.
2. À son égard : envers elle.

pas tarder à le faire. Si maintenant vous me faites confiance pour la conduite à tenir et si vous voulez bien suivre mes conseils, vous pourrez en retirer de grands bénéfices. Gardez-vous[1] bien, si quelque folie vous vient à l'esprit, de n'en rien faire. L'homme
205 avisé rejette ses pensées extravagantes et s'en tient, s'il le peut, à des actions honorables. Comportez-vous en homme de bon sens, et vous éviterez de laisser votre tête en gage aux mains de vos ennemis qui n'en accepteraient pas de rançon. Faites bien attention à vous et souvenez-vous de mes conseils. Restez tranquille
210 jusqu'à mon retour, je n'ose pas m'attarder davantage, car si je restais ici trop longtemps, on pourrait en concevoir des soupçons, parce qu'on ne me verrait pas avec tout le monde, et j'y risquerais une punition amère. »

Elle le quitta alors, le laissant seul, en train de s'interroger
215 sur la conduite à tenir, car il est ennuyé de voir qu'on enterre le corps sans qu'il puisse rien en prendre pour prouver qu'il l'a bien vaincu et tué. S'il n'a pas de preuve évidente, il n'évitera pas une honte complète. Face à Keu qui fait preuve de tant de perfidie et de méchanceté, et qui déborde de sarcasmes[2] odieux, il ne
220 pourra plus jamais se défendre. Il sera sans cesse l'objet de ses provocations, de ses moqueries et de ses railleries[3], comme l'autre jour. Ses perfides sarcasmes, bien qu'il en soit à l'abri, restent une blessure fraîche au fond de lui-même. Mais, tout sucre et tout miel, Amour nouveau qui vient de mener une incursion[4]
225 sur sa terre, adoucit son mal; il ne manque rien à son butin : le cœur d'Yvain a été ravi par son ennemie; il aime la femme qui

---

1. *Gardez-vous* : voir note 4, p. 41.
2. *Sarcasmes* : moqueries, persiflages.
3. *Railleries* : voir note 3, p. 28.
4. *Mener une incursion* : faire une apparition soudaine. Ici l'amour est personnifié; il est comparé à un envahisseur qui conquiert un nouveau territoire.

lui voue la plus grande haine. À son insu, elle a bien vengé la mort de son époux ; elle en a pris vengeance plus grande qu'elle n'aurait su le faire, si Amour ne s'en était chargé ; il a mené l'attaque avec tant de douceur que par les yeux il a atteint Yvain au cœur et lui a infligé une blessure plus durable qu'un coup de lance ou d'épée : on guérit vite d'un coup d'épée, dès qu'un médecin s'y emploie ; mais la plaie faite par Amour s'aggrave quand s'en approche son médecin.

Quand on eut enterré le mort, tout le monde se sépara ; il ne resta là ni clercs [1], ni chevaliers, ni serviteurs, ni dames, hormis celle qui laissait éclater sa douleur. Elle restait là toute seule, et ne cessait de se prendre au visage, de se tordre les poings, de se frapper les paumes l'une contre l'autre tout en lisant ses psaumes dans un psautier [2] enluminé de lettres d'or.

Monseigneur Yvain était toujours à la fenêtre à la regarder. Plus il l'observe, plus elle lui plaît et plus il l'aime. Il voudrait bien qu'elle cesse de pleurer et de prier et qu'elle accepte de lui parler. Tel est le désir qu'Amour lui a inspiré en s'emparant de lui à la fenêtre. Mais son désir le désespère, car il ne peut imaginer ni croire qu'il puisse se réaliser :

« Je me fais l'effet d'un fou, dit-il, à désirer ce que je n'obtiendrai jamais. Je lui ai blessé à mort son époux et je prétends me réconcilier avec elle ! Sur ma foi, c'est une idée absurde, car à présent elle me hait plus que personne, et elle a raison. "À présent" est le mot juste, car souvent femme varie. Le sentiment qu'elle éprouve maintenant, elle en changera peut-être un jour ; "peut-être" est de trop : elle en changera, je suis bien fou de m'en désespérer ; mieux vaut prier Dieu qu'il l'en fasse changer bientôt puisque je ne peux faire autrement que de lui être soumis pour

---

1. *Clercs* : voir note 1, p. 7.
2. *Psautier* : livre de prières et de chants religieux, orné de lettrines et de miniatures par des moines copistes.

toujours : Amour le veut. Ne pas accueillir Amour de bon cœur quand il nous appelle près de lui, c'est félonie et trahison. Mais je ne risque rien, j'aimerai toujours mon ennemie.

« Je souffre pour ses beaux cheveux, qui sont plus éclatants que l'or fin. La colère me brûle quand je la vois les arracher, et quand rien ne peut arrêter les larmes qui coulent de ses yeux ; j'en suis profondément mécontent. Tout emplis qu'ils sont de larmes intarissables[1], jamais il n'en fut de plus beaux. Ses pleurs m'affligent, mais rien ne m'attriste autant que son visage qu'elle meurtrit et qui est innocent : jamais je n'en vis d'aussi bien dessiné, de teint aussi frais et aussi vif. Mais ce qui me transperce le cœur, c'est de la voir se prendre à la gorge. Non, elle ne s'épargne pas, elle se fait tout le mal qu'elle peut ; pourtant il n'est pas de cristal ni de glace aussi clairs ni aussi lisses. Dieu ! pourquoi cette frénésie ? pourquoi ne met-elle moins de rage à se blesser ? À quoi lui sert de tordre ses belles mains, de se frapper la poitrine, de s'écorcher ?

« Ne serait-elle pas merveilleuse à contempler si elle était heureuse, quand elle est si belle dans le chagrin ? Oui vraiment, je peux bien le jurer, jamais Nature ne s'est montrée si excessive en beauté ; en cette femme, elle a oublié toute mesure, mais peut-être n'y est-elle pour rien ? Comment cela aurait-il pu se faire ? D'où proviendrait une si grande beauté ? De Dieu lui-même qui l'a faite de ses propres mains pour emplir Nature de stupéfaction : passerait-elle toute sa vie à vouloir la reproduire qu'elle ne pourrait y arriver. Même Dieu, je crois, s'il voulait s'en mettre en peine, ne pourrait jamais réussir à en refaire une autre, quels que soient ses efforts. »

Mais la demoiselle revenait, elle voulait lui tenir compagnie, le consoler, le divertir, lui procurer et lui apporter à discrétion

---

1. *Intarissables* : qui coulent sans arrêt.

tout ce qu'il voudrait. Elle le trouva plongé dans ses pensées et abattu, par l'effet de l'Amour qui l'avait envahi.

«Monseigneur Yvain, lui dit-elle, comment s'est passée la journée?
– Fort bien, fit-il, j'ai eu beaucoup de plaisir.
– Du plaisir? Par Dieu, dites-vous la vérité? Comment peut-on aller bien quand on voit qu'on est recherché pour être tué, sinon parce qu'on aime et désire sa propre mort?
– Certes, fit-il, ma chère amie, je ne voudrais surtout pas mourir; pourtant, ce que j'ai vu m'a ravi, Dieu le sait : m'a ravi et continuera de me ravir à jamais.
– N'en parlons plus, fit la jeune fille, je vois bien où vous voulez en venir. Je ne suis pas si sotte ni si niaise que je ne comprenne bien ce qu'on me dit. Suivez-moi plutôt, je vais sans tarder m'occuper de vous libérer. Je vous mettrai en lieu sûr, si vous voulez, dès ce soir ou demain; allons, venez, je vous emmène.»

Mais il répondit :
«Soyez sûre que je ne suis pas près de m'en aller comme un voleur, à la dérobée. Il me faut tous les gens assemblés dans les rues, dehors, pour pouvoir sortir honorablement; ce serait plus honorable que de m'en aller de nuit.»

Tout en parlant, il entra à sa suite dans la petite chambre. La demoiselle, qui était vive, s'employa à le servir; elle lui donna tout ce dont il eut besoin. Le moment venu, elle se souvint de ses paroles : qu'il avait été ravi par ce qu'il avait vu, tandis que le cherchaient dans la salle les gens qui lui vouaient une haine mortelle.

La demoiselle était en si bons termes avec sa maîtresse qu'elle ne craignait d'aborder aucun sujet, car elle était sa gouvernante et sa confidente. Pourquoi aurait-elle eu peur de réconforter sa maîtresse et de lui donner de bons conseils? La première fois, elle lui dit seule à seule :

« Dame, vous me surprenez à agir de façon aussi insensée. Pensez-vous, dame, que votre douleur vous rendra votre époux ?

— Non point, fit-elle, mais je voudrais être morte de tristesse.

— Pourquoi ?

— Pour le suivre.

— Le suivre ? Dieu vous en préserve et vous rende un époux[1] de même vaillance, comme il en a le pouvoir.

— Tu dis le pire des mensonges ; il ne pourrait pas m'en rendre un de la même vaillance.

— Il vous en donnera un meilleur, si vous consentez à l'accepter, et je vais le prouver.

— Hors d'ici ! Plus un mot ! Impossible d'en trouver un comme lui.

— Je dis que si, dame, si vous le voulez. Sans vous fâcher, dites-moi donc, qui va défendre votre terre quand le roi Arthur s'y présentera : il doit venir la semaine prochaine au perron et à la fontaine. Vous en avez été avertie par une lettre que vous envoya la Demoiselle Sauvage[2]. Hélas, c'était bien la peine ! Vous devriez être en train de vous occuper de la défense de votre fontaine, et vous n'arrêtez pas de pleurer ! Pourtant, ma chère dame, si vous vouliez, il n'y aurait pas de temps à perdre. Tous vos chevaliers, vous le savez bien, n'ont pas plus de vaillance qu'une femme de chambre. Le plus prétentieux d'entre eux n'ira pas jusqu'à prendre écu[3] et lance[4]. Vous ne manquez pas de lâches, mais vous n'avez personne d'assez téméraire pour oser se mettre sur un cheval et le roi, qui arrive avec une armée immense, s'emparera de tout sans trouver de résistance. »

---

1. *Et vous rende un époux* : se remarier est une obligation sociale pour la dame responsable d'un domaine.
2. *Demoiselle Sauvage* : personnage mystérieux qui ne réapparaît pas dans la suite du récit.
3. *Écu* : voir note 3, p. 37.
4. *Lance* : voir note 4, p. 37.

La dame sait fort bien que la jeune fille lui donne de fidèles avis ; mais elle a en elle la même folie que les autres femmes ; toutes, pratiquement, en sont victimes ; elles excusent leur folie et s'opposent à ce qu'elles désirent.

350 « Va-t'en, dit-elle, ne m'en parle plus. Si tu abordes encore le sujet, mieux vaudra disparaître ou tu t'en repentiras[1]. À tant parler, tu m'irrites énormément.

– Voilà qui est parfait ! dit-elle. Dame, on voit bien que vous êtes femme, toujours prête à se mettre en colère quand elle
355 entend un avis profitable. »

Elle la quitta alors, la laissant seule. La dame se ravisa et comprit qu'elle avait eu grand tort. Elle voudrait bien savoir comment la demoiselle aurait pu prouver qu'il était possible de trouver un chevalier meilleur que son époux. Elle aimerait le lui
360 entendre dire, mais elle lui en a fait défense.

Cette pensée l'obséda jusqu'à ce que la jeune fille revînt. Celle-ci ne tint pas compte de la défense qui lui avait été faite et lui dit immédiatement :

« Ha, dame, faut-il maintenant vous laisser ainsi mourir de
365 douleur ? Par Dieu, reprenez-vous, et cessez, ne serait-ce que par crainte de vous déshonorer. Il ne convient pas qu'une dame de votre rang prolonge aussi longtemps ses pleurs. Rappelez-vous ce que vous devez à votre honneur et à votre haut rang. Prétendez-vous que toute prouesse[2] soit morte avec votre époux ? Il
370 s'en trouve encore de par le monde d'aussi bons ou de meilleurs par centaines.

– Si ce n'est pas là pur mensonge, je consens que Dieu m'anéantisse. Pourtant nomme-m'en un seul qui ait la réputation de vaillance dont mon époux a joui toute sa vie.

---

1. *Repentiras* : voir note 2, p. 35.
2. *Prouesse* : voir note 2, p. 27.

– Vous m'en voudriez, et vous vous mettriez encore en colère.
– Je n'en ferai rien, je te le jure.
– Alors, je peux souhaiter que l'avenir vous comble de bonheur, pourvu que vous sachiez le vouloir, et j'espère bien que Dieu vous en donnera le désir! Je ne vois rien qui m'empêche de parler car il n'y a personne pour nous entendre ou nous écouter. Vous allez sûrement me tenir pour une insolente, mais je peux bien dire, me semble-t-il : quand deux chevaliers en sont venus à s'affronter en combat, lequel croyez-vous le plus valeureux, quand l'un a vaincu l'autre? En ce qui me concerne, je donne le prix au vainqueur. Et vous, que décidez-vous?
– Je crois que tu me tends un piège et que tes paroles veulent m'attraper.
– Ma foi, vous n'avez pas de peine à voir que je vais droit à la vérité, et qu'on ne peut échapper à mon raisonnement : celui qui a vaincu votre époux est de plus grande valeur que lui; il l'a vaincu et il a eu la hardiesse[1] de le poursuivre jusqu'ici et de l'enfermer dans son propre château.
– J'entends là une monstruosité, la plus énorme qu'on ait jamais prononcée. Va-t'en, fille sotte et odieuse. Ne profère plus jamais de telles bêtises et ne te présente plus devant moi, si c'est encore pour parler de lui.
– Certes, dame, je le savais bien, que vous m'en voudriez et je vous avais bien prévenue. Mais vous vous êtes engagée à ne pas vous mettre en colère et à ne pas m'en vouloir. Vous avez mal tenu votre promesse et j'ai dû essuyer les reproches que vous aviez envie de me faire; j'ai perdu une bonne occasion de me taire. »

Elle retourne alors dans sa chambre, où se repose monseigneur Yvain sur qui elle est bien heureuse de veiller. Mais pour

---

1. *Hardiesse* : voir note 4, p. 33.

lui, il trouve la situation insupportable puisqu'il ne peut voir la dame ; quant à l'affaire que la demoiselle est en train de machiner[1], il ne s'en doute pas et ignore tout.

Toute la nuit, la dame fut en débat avec elle-même, préoccupée qu'elle était de défendre sa fontaine. Elle commence alors à regretter les blâmes et les violents reproches qu'elle a adressés à la demoiselle, car elle est absolument sûre que celle-ci, en abordant ce sujet, n'a pas agi par espoir d'un salaire ou d'une récompense, ou par l'amour qu'elle porterait au chevalier ; la demoiselle l'aime certainement plus que lui, et elle ne songerait pas à lui conseiller ce qui pourrait la déshonorer ou lui causer du tort, car c'est une amie d'une loyauté parfaite.

Voici changés les sentiments de la dame : pour celle qu'elle avait rabrouée[2], elle s'imagine que celle-ci ne pourra plus jamais l'aimer du fond du cœur ; pour celui qu'elle avait refusé, elle lui trouve des excuses sincères conformes à la raison et au droit : il n'a pas de tort à son égard. Elle argumente exactement comme s'il avait comparu devant elle et engage le débat :

« Veux-tu donc, fait-elle, nier que mon époux ne soit mort de tes mains ?

– C'est un fait, dit-il, que je ne conteste pas, je le reconnais sans réticence.

– Dis-moi donc, quelle raison avais-tu ? L'as-tu tué pour me faire du mal, ou bien par haine ou mépris à mon égard ?

– Je veux bien mourir immédiatement si jamais j'ai agi pour vous faire du mal.

– Donc tu n'as commis aucune faute envers moi, et envers lui tu n'as eu aucun tort, car s'il l'avait pu, il t'aurait tué. Voilà pourquoi je crois pouvoir dire que j'ai bien jugé et selon le droit. »

Ainsi conclut-elle toute seule que ses réponses sont justes, sensées et raisonnables et qu'elle n'a pas le droit de le haïr. Elle

---

1. *Machiner* : préparer en secret.
2. *Rabrouée* : envoyée promener.

en dit ce qu'elle voudrait entendre, et s'enflamme toute seule, comme le feu qui fume jusqu'au moment où la flamme y éclate, sans que personne souffle dessus ou l'attise. Et si maintenant arrivait la demoiselle, elle gagnerait la cause qu'elle a tant plaidée
440 devant elle et qui lui a valu bien des rebuffades [1].

Elle revint au matin et recommença son prêche [2] où elle l'avait laissé. La dame tenait la tête baissée, se sentant dans son tort pour l'avoir rudoyée [3], mais maintenant elle est prête à faire des concessions et à lui demander le nom du chevalier, son rang
445 et son lignage. Elle a la sagesse de s'excuser :

« Je veux vous demander pardon, dit-elle, pour les paroles impudentes [4] et blessantes que j'ai eu la folie de vous dire. À l'avenir, je suivrai vos avis. Mais, dites-moi, si vous le savez, ce chevalier dont vous m'avez si longuement entretenue, quelle est
450 sa qualité, quelle est sa famille ? S'il peut prétendre à moi, et que de son côté il ne s'y oppose pas, je le ferai, c'est entendu, seigneur de ma terre et de ma personne. Mais il faudra faire en sorte qu'on évite tout commentaire à mon sujet et qu'on ne dise pas : "C'est celle qui a épousé celui qui a tué son mari."

455 – Par le nom de Dieu, dame, on y veillera. Vous aurez le mari le plus aimable, le plus distingué et le plus beau qui se puisse trouver dans le lignage d'Abel.

– Quel est son nom ?

– Monseigneur Yvain.

460 – Ma foi, ce n'est pas un rustre [5], il est de bonne noblesse, je le sais bien ; c'est le fils du roi Urien.

– Ma foi, dame, vous dites la vérité.

– Et quand pourrons-nous l'avoir ?

---

1. **Rebuffades** : paroles dures.
2. **Prêche** : sermon (le plus souvent religieux).
3. **Rudoyée** : traitée sans ménagement, avec mauvaise humeur.
4. **Impudentes** : insultantes.
5. **Rustre** : voir note 1, p. 13.

– D'ici cinq jours.

– C'est trop long ; je voudrais qu'il soit déjà là. Qu'il vienne ce soir ou demain au plus tard.

– Dame, je ne crois pas qu'un oiseau pourrait faire tant de chemin en une seule journée. Mais je vais envoyer un de mes serviteurs qui est très rapide ; il peut arriver, je crois, à la cour du roi Arthur, demain soir au plus tôt ; il sera impossible de le trouver avant.

– C'est un délai beaucoup trop long. Les jours sont longs. Dites-lui d'être de retour demain soir et d'aller plus vite que d'habitude ; car s'il consent à forcer l'allure, il fera deux journées en une ; cette nuit la lune luira : que de la nuit il fasse une nouvelle journée, et je lui donnerai au retour toutes les récompenses qu'il souhaitera.

– Comptez sur moi, dans trois jours au plus tard vous l'aurez à votre disposition. Pendant ce temps, de votre côté, vous convoquerez vos gens et vous leur demanderez quelle décision prendre quant à la venue du roi. Pour maintenir la coutume et pour défendre la fontaine, il faudrait, direz-vous, prendre des mesures efficaces : il n'y en aura pas un, même des plus hauts seigneurs, qui osera se vanter qu'il s'y rendra. Alors vous serez fondée à dire qu'il faudrait vous marier. Un chevalier de grand renom demande votre main, direz-vous, mais vous n'osez pas le prendre pour époux sans leur consentement à tous. Le résultat est garanti, croyez-moi. Je les sais si lâches que, pour se décharger sur un autre d'une tâche trop pénible pour eux, ils se jetteront tous ensemble à vos pieds et vous en remercieront, car vous les aurez soulagés d'un grand poids. Qui a peur de son ombre se garde volontiers, s'il le peut, d'affronter lance ou javeline, car c'est un jeu dangereux pour des couards [1]. »

---

1. *Couards* : lâches.

La dame répondit alors :

« Par ma foi, telle est ma volonté et telle est ma décision, et j'avais déjà fait les réflexions que vous m'avez présentées : c'est donc ainsi que nous agirons. Mais que faites-vous encore ici ? Partez ! Ne tardez pas davantage ! Arrangez-vous pour le trouver, tandis que moi je vais rester avec mes gens. »

Leur tête-à-tête s'acheva sur ces mots.

La demoiselle fit semblant d'envoyer chercher monseigneur Yvain dans son pays. Chaque jour elle le baigna, lui lava la tête, le peigna. De plus, elle lui prépara une robe d'écarlate vermeille, fourrée de petit-gris[1], encore saupoudrée de craie[2]. Elle n'épargna rien de ce qui était nécessaire pour le rendre élégant : une broche d'or pour fermer le col, incrustée de pierres précieuses qui donnent beaucoup de grâce à ceux qui les portent, une ceinture, une aumônière[3] tressée richement : elle lui a fourni tout ce qu'il fallait.

Elle glissa alors à sa dame que son messager était revenu ; il avait eu la sagesse de faire vite.

« Comment ! dit la dame. Quand monseigneur Yvain arrivera-t-il ?

– Il est déjà là.

– Il est là ! Alors amenez-le vite, discrètement et sans vous faire voir, tandis que je suis seule. Veillez à ne laisser personne venir, car je détesterais qu'il y ait quelqu'un en plus. »

La demoiselle la quitta alors et revint vers son hôte, mais sans laisser paraître sur son visage la joie qui emplissait son cœur. Elle se borna à dire que sa maîtresse savait qu'elle l'avait gardé ici.

« Monseigneur Yvain, dit-elle, il n'est plus temps de rien cacher ; les choses en sont au point que ma maîtresse sait toute

---

1. *Petit-gris* : voir note 4, p. 31.
2. *Saupoudrée de craie* : la craie servait à la préparation des fourrures ; sa présence prouve que le vêtement est neuf.
3. *Aumônière* : bourse à coulant portée à la ceinture.

l'affaire ; elle ne cesse de me le reprocher et y trouve sujet de m'accuser et de me détester. Pourtant elle m'a donné la garantie
525 que je peux vous conduire devant elle sans que vous ayez à craindre qu'elle vous fasse du mal. Elle ne vous fera aucun mal, sauf que (je ne dois pas vous mentir, ce serait me montrer déloyale) elle veut vous avoir en sa prison ; et elle y veut avoir votre personne tout entière sans en excepter le cœur.
530 — Certes, dit-il, j'y consens volontiers, et il ne m'en coûtera pas [1], car je désire vivement être son prisonnier.

— Vous le serez donc, je vous l'assure par la main que je vous tiens. Venez, mais je vous conseille de vous conduire si naturellement devant elle qu'elle ne vous impose pas une prison trop
535 rude. Ne soyez pas inquiet, je ne crois pas que vous deviez subir une prison trop insupportable. »

Tels sont les propos de la demoiselle tandis qu'elle le conduit : elle l'inquiète, elle le rassure, et parle à mots couverts de la prison où il va être mis car on ne peut être ami sans être
540 prisonnier ; elle a donc raison de l'appeler de ce nom puisque c'est être captif que d'aimer.

---

1. *Il ne m'en coûtera pas* : cela ne me dérangera pas.

Yvain épouse Laudine

La demoiselle tient monseigneur Yvain par la main et le conduit là où il va être aimé tendrement. Pourtant il craint d'être mal accueilli, et il n'y a rien là d'étonnant.

Ils trouvèrent la dame assise sur une couverture vermeille[1]. Je vous assure qu'une grand-peur s'empara de monseigneur Yvain à l'entrée de la chambre quand il fut face à la dame qui ne lui disait mot. Ce silence l'effraya terriblement, il fut glacé de peur, persuadé qu'il avait été trahi. Il se tint à distance, et finalement la jeune fille prit la parole.

« Mille fois maudite, dit-elle, celle qui mène dans la chambre d'une belle dame un chevalier qui ne s'en approche pas, et qui n'a ni langue, ni bouche, ni présence d'esprit pour l'aborder. »

Ce disant, elle le tira par le bras :

« Venez là, chevalier, fit-elle, et n'ayez pas peur de ma dame, elle ne vous mordra pas. Demandez-lui plutôt de conclure la paix avec vous, et je joindrai mes prières aux vôtres pour qu'elle vous pardonne la mort d'Esclados le Roux, qui était son époux. »

Monseigneur Yvain joignit aussitôt les mains et se mit à genoux[2] en disant, comme doit le faire un ami véritable :

« Dame, non, je ne vous demanderai pas de me faire grâce, mais je vous remercierai de tout ce que vous voudrez me faire subir, car rien ne m'en pourrait déplaire.

---

1. *Vermeille* : voir note 1, p. 35.
2. *À genoux* : en parfait amant courtois, Yvain adopte l'attitude du vassal devant sa suzeraine, soumis aux volontés de sa dame et implorant sa merci.

– Non, seigneur ? Et si je vous fais mettre à mort ?

– Dame, grand merci à vous, c'est tout ce que vous m'entendrez dire.

– Je n'ai encore jamais rien entendu de pareil, fait-elle : vous acceptez de vous mettre entièrement en mon pouvoir, sans même que j'aie à vous y contraindre ?

– Dame, aucune force n'égale celle qui, sans mentir, me commande de suivre en tout votre volonté. De tout ce qu'il vous plaira de commander, il n'est rien que je craigne de faire, et si je pouvais réparer la mort dont je me suis rendu coupable envers vous, je le ferais sans discuter.

– Comment ? fait-elle. Dites-moi donc – et vous serez quitte – si vous avez commis une faute quand vous avez tué mon époux ?

– Dame, fait-il, pardonnez-moi ; si votre époux m'a attaqué, quel tort ai-je eu de me défendre ? Un homme qui veut en tuer un autre ou s'en emparer, si on le tue en se défendant, dites-moi, en est-on pour autant coupable ?

– Non point, à y bien réfléchir, et je crois que je ne gagnerais rien à vous faire mettre à mort. Mais je voudrais bien savoir d'où provient cette force qui vous commande de consentir sans réserve à mes volontés. Je vous tiens quitte de tous les torts dont vous vous êtes rendu coupable. Mais asseyez-vous et racontez-moi comment vous êtes devenu aussi soumis.

– Dame, dit-il, cette force provient de mon cœur qui vous est attaché. C'est mon cœur qui m'a mis en cette disposition.

– Et qui a ainsi disposé le cœur, cher ami ?

– Dame, mes yeux.

– Et les yeux ?

– La grande beauté que j'ai vue en vous.

– Et la beauté, quel tort y a-t-elle eu ?

– Dame, celui de me faire aimer.

– Aimer ? Et qui ?

– Vous, dame très chère.

– Moi ?
– Oui vraiment.
– Oui ? De quelle façon ?
– De telle façon qu'il ne peut être de plus grand amour, de
60 telle façon que mon cœur ne peut s'éloigner de vous et qu'il ne
vous quitte jamais, de telle façon que je ne puis avoir d'autre
pensée, de telle façon que je me donne entièrement à vous, de
telle façon que, si tel est votre plaisir, je veux à l'instant vivre ou
mourir pour vous.
65 – Et oseriez-vous entreprendre de défendre pour moi ma
fontaine ?
– Oui, dame, contre n'importe qui sans exception.
– Alors, sachez-le, notre paix est faite.»
Ainsi fut promptement conclue la paix entre eux. La dame,
70 qui avait auparavant tenu l'assemblée de ses barons, déclara :
«Nous allons nous rendre dans la salle où sont les seigneurs
qui m'ont donné leur avis et leur approbation, et qui m'ont invitée à prendre un mari, à cause de la nécessité qu'ils y voient. La
même nécessité m'incite à y consentir. Ici même je me donne à
75 vous, car je ne dois pas refuser de prendre pour époux un homme
qui est un chevalier valeureux et un fils de roi.»

La demoiselle a donc obtenu tout ce qu'elle voulait, et monseigneur Yvain est devenu maître et seigneur, encore plus qu'on
ne saurait le dire. La dame le conduit avec elle dans la salle qui
80 était pleine de chevaliers et de serviteurs. Monseigneur Yvain
avait si noble allure que tous s'émerveillaient à le voir. À leur
arrivée, tous se levèrent, et tous de saluer monseigneur Yvain, de
s'incliner devant lui et de prédire :
«Voici celui que ma dame prendra. Malheur à qui s'y oppo-
85 sera, car c'est merveille de voir aussi parfait chevalier ! Certes,
l'impératrice de Rome ne s'abaisserait pas en l'épousant.

Comme on voudrait que, main dans la main, ils aient dès maintenant échangé leurs promesses, elle pourrait l'épouser aujourd'hui ou demain ! »

Tels étaient les propos qui passaient de l'un à l'autre. En haut de la salle, il y avait un banc où la dame alla prendre place de façon que tous puissent la voir. Monseigneur Yvain s'apprêtait à s'asseoir à ses pieds, quand elle le fit se relever ; elle pria alors le sénéchal[1] de prononcer son message, et à voix suffisamment haute pour être entendu de tous. Le sénéchal, qui savait obéir et parler clair, commença :

« Seigneurs, fit-il, une guerre nous menace ; il n'est pas de jours où le roi ne fasse de préparatifs en toute hâte pour venir dévaster nos terres. Avant que la quinzaine soit passée, tout aura été dévasté, si ne se lève un bon défenseur. Quand ma dame se maria, il n'y a pas encore sept ans révolus, ce fut en se soumettant à votre avis. Son époux est mort et elle en a un immense chagrin. Il ne reste plus qu'un mètre de terre à celui qui tenait tout ce pays et s'en occupait si bien. Quel malheur qu'il ait si peu vécu ! Une femme ne peut porter l'écu[2], ni frapper de la lance[3]. Prendre un bon époux ne peut que lui donner plus de prix et accroître sa valeur, elle n'en a jamais eu autant besoin ! Invitez-la tous à prendre époux pour que ne cesse la coutume qui a régné dans ce château depuis plus de soixante ans. »

Ils furent unanimes à déclarer qu'à leur avis c'était la conduite à tenir, et tous ensemble ils vinrent à ses pieds la presser de faire ce qu'en elle-même elle avait déjà décidé. Elle se faisait prier de ce qu'elle désirait, jusqu'à ce que, comme à contrecœur, elle finisse par accorder ce qu'elle aurait fait même si tous s'y étaient opposés.

---

1. *Sénéchal* : voir note 1, p. 30.
2. *Écu* : voir note 3, p. 37.
3. *Lance* : voir note 4, p. 37.

Elle dit :

« Seigneurs, puisque vous le désirez, voici près de moi un chevalier qui m'a maintes[1] fois priée et maintes fois requise. Il veut se consacrer à mon service et à la défense de mon fief[2] ; je lui exprime ma reconnaissance et je vous invite à faire de même. Jamais encore je ne l'avais rencontré mais j'avais beaucoup entendu parler de lui : il est de grande famille, sachez-le, c'est le fils du roi Urien. Il n'est pas seulement de haut lignage, il a de plus une grande réputation de vaillance et il montre tant de courtoisie[3] et de sagesse qu'on ne peut que me le recommander. Tous, j'imagine, vous avez entendu parler de monseigneur Yvain, eh bien, c'est lui qui me demande en mariage. Le jour où cela se fera, j'aurai un époux de plus haut rang que je ne peux espérer. »

Tous répondirent :

« Si vous voulez agir sagement, vous ne laisserez pas passer ce jour sans célébrer le mariage. C'est folie que de tarder une heure seulement à profiter d'une si belle occasion. »

Ils la prièrent si vivement qu'elle leur accorda ce que de toute façon elle aurait fait, car Amour la pressait d'accomplir ce pourquoi elle leur demandait avis et conseil. Mais elle estime plus honorable d'agir avec l'approbation de ses gens. En présence de tous ses barons, la dame accorda sa main à monseigneur Yvain. Par la main d'un chapelain[4] du lieu, il épousa Laudine de Landuc : tel était le nom de la dame, fille du duc Laudunet, dont on joue un lai[5]. Il l'épousa sans plus attendre et les noces furent célébrées le jour même. On y vit nombre de mitres et de

---

1. *Maintes* : voir note 1, p. 42.
2. Voir Présentation, p. 10.
3. *Courtoisie* : voir note 3, p. 27.
4. *Chapelain* : prêtre qui officie dans une chapelle.
5. *Lai* : chanson (du mot celtique « *laid* ») que les conteurs bretons accompagnaient à la harpe et qui célébrait une aventure légendaire. Le mot a désigné ensuite le récit en octosyllabes qui s'en inspirait.

crosses[1], car la dame avait fait venir ses évêques et ses abbés. La joie et l'allégresse[2] furent vives, et grandes l'affluence et la magnificence, bien plus que je ne saurais le raconter, même en y travaillant longtemps ; il vaut mieux me taire que d'être indigne de mon sujet.

■ Yvain et Lunete s'entretenant (XIVe siècle).

---

1. *On y vit nombre de mitres et de crosses* : la mitre (couvre-chef) et la crosse (long bâton) sont des insignes épiscopaux, symboles du pouvoir religieux.
2. *Allégresse* : voir note 3, p. 36.

Arthur au château de Laudine

À présent monseigneur Yvain est maître et seigneur, et le mort est bien oublié. Il l'a tué, et il est marié avec sa femme, ils partagent le même lit, et leurs gens ont plus d'amitié et d'estime pour le vivant qu'ils n'en eurent jamais pour le mort. Lors des noces, ils furent attentifs à le servir ; elles durèrent jusqu'à la veille du jour où le roi vint au perron et à la fontaine merveilleuse ; ses barons l'accompagnaient et toute sa cour le suivait dans cette chevauchée.

« Hélas, disait monseigneur Keu, qu'est donc devenu Yvain ? Il ne nous a pas accompagnés, alors qu'il s'était vanté à la sortie du repas d'aller venger son cousin ! On voit bien que c'était après boire. Il a fui, je le pressens. Il n'aurait pas osé venir, si cher qu'il dût le payer. Il se vanta de bien grande folie. Il y a bien loin d'un lâche à un brave : le lâche, au coin du feu, tient de grands discours sur ses exploits ; il prend les gens pour des imbéciles et s'imagine qu'on ne le connaisse pas ; tandis que le brave serait profondément malheureux s'il entendait quelqu'un raconter les prouesses[1] dont il est l'auteur. Pourtant je comprends le lâche, il n'a pas tort de se célébrer et de se vanter lui-même : s'il ne le fait, qui le fera ? »

Tels étaient les propos de monseigneur Keu, et monseigneur Gauvain répliquait :

---

1. *Prouesses* : voir note 1, p. 9.

« Pitié, monseigneur Keu, pitié ! Si monseigneur Yvain n'est pas ici en ce moment, vous ne savez ce qui le retient. Vraiment, il ne s'est jamais abaissé à tenir sur vous des propos infamants[1] ; il a toujours agi avec courtoisie[2] à votre égard[3].

– Seigneur, dit Keu, je ne dis plus rien ; vous ne m'entendrez pas en parler davantage puisque je vois que cela vous fâche. »

Le roi, pour voir la pluie, versa sur le perron sous le pin un plein bassin d'eau ; et aussitôt il se mit à pleuvoir à verse. Peu après, monseigneur Yvain, revêtu de ses armes, pénétra sans perdre de temps dans la forêt et surgit au grand galop ; son cheval était de grande taille, corpulent, robuste, impétueux[4] et rapide. Monseigneur Keu eut envie de demander la première joute[5], car quelle qu'en fût l'issue, il voulait toujours commencer les combats et les mêlées ; sinon, il aurait été extrêmement fâché. Avant tous, il interpella le roi et lui demanda de lui laisser la première joute.

« Keu, dit le roi, puisque cela vous fait plaisir et que vous avez été le premier à la demander, on ne doit pas vous la refuser. »

Keu le remercia et sauta sur son cheval. Si, à présent, monseigneur Yvain peut lui faire un peu honte, il en sera tout joyeux et le fera volontiers, car il reconnaît bien ses armes. Il a déjà empoigné l'écu[6] par les courroies, Keu de même, et ils s'élancent l'un contre l'autre. Ils éperonnent[7] leurs chevaux, baissent leurs lances[8] qu'ils tenaient au poing et les font glisser un peu jusqu'à les tenir par la butée[9]. Une fois aux prises l'un avec l'autre, ils

---

1. *Infamants* : qui portent atteinte à l'honneur.
2. *Courtoisie* : voir note 3, p. 27.
3. *À votre égard* : voir note 2, p. 53.
4. *Impétueux* : fort et vigoureux.
5. *La première joute* : le premier combat.
6. *Écu* : voir note 3, p. 37.
7. *Éperonnent* : voir note 3, p. 44.
8. *Lances* : voir note 4, p. 37.
9. *Butée* : rondelle qui empêche la main d'aller plus loin.

s'évertuèrent à frapper de tels coups que les deux lances se brisèrent et se fendirent jusque dans leurs poings. Monseigneur
50 Yvain lui donna un coup si puissant que Keu fit la culbute par-dessus sa selle et que le heaume[1] alla heurter le sol. Monseigneur Yvain ne voulut pas lui faire plus de mal ; il mit pied à terre et prit le cheval. Plus d'un y trouva matière à se réjouir, et nombreux furent ceux qui surent bien dire :

55 « Hélas, hélas, comme vous voici jeté à terre, vous qui vous êtes tant moqué des autres. Pourtant il est normal qu'on vous le pardonne cette fois parce que c'est la première. »

Entre-temps monseigneur Yvain s'avança devant le roi, il menait le cheval qu'il tenait lui-même par la bride, et voulait le
60 lui remettre.

« Sire, lui dit-il, prenez ce cheval, car je serais coupable si je gardais quelque chose qui vous appartient.

– Mais qui êtes-vous ? fit le roi. Je ne pourrais jamais vous reconnaître si je ne vous entends vous nommer ou si je ne vous
65 vois sans votre armure. »

Monseigneur Yvain se nomma alors, Keu en fut éperdu de honte, comme mort et anéanti d'avoir dit qu'il avait pris la fuite. Mais les autres s'en réjouirent vivement et se montrèrent très heureux de l'honneur où ils le voyaient. Le roi lui-même ne manqua
70 pas de s'en réjouir, et monseigneur Gauvain cent fois plus que tous, car c'était de tous les chevaliers qu'il connaissait celui dont il préférait la compagnie.

Le roi le pria instamment de lui raconter, s'il le voulait bien, ce qu'il avait fait, car il désirait vivement savoir ce qui lui était
75 arrivé. Yvain leur fit un récit complet, et n'omit pas l'aide généreuse que lui apporta la jeune fille. Il n'enjoliva aucunement ses propos et n'oublia rien non plus. Après quoi il pria le roi de venir avec tous ses chevaliers s'installer chez lui : ce serait pour

---

1. *Heaume* : voir note 1, p. 44.

lui un honneur et une grande joie que de les recevoir. Le roi accepta volontiers et promit de lui accorder cette joie, cet honneur et sa compagnie huit jours pleins. Monseigneur Yvain l'en remercia ; sans plus attendre, ils montèrent à cheval et s'en allèrent directement au château. Monseigneur Yvain envoya en avant de la troupe un écuyer[1] porteur d'un faucon gruyer[2], prévenir la dame afin que leur venue ne la surprenne pas et que ses gens décorent leur maison pour l'arrivée du roi. Quand la dame apprit que le roi venait, elle en éprouva une grande joie et, à cette nouvelle, ce fut une liesse[3] générale et tous s'empressèrent de monter à cheval tandis que la dame les invitait à aller à sa rencontre.

La foule se pressait et tous répétaient : « Bienvenue au roi, au maître des rois et des seigneurs de ce monde. »

Le roi se trouvait dans l'impossibilité de répondre à tous lorsqu'il vit la dame se diriger vers lui et s'apprêter à lui tenir l'étrier. Il eut à cœur de la devancer et se hâta de mettre pied à terre. Il descendit donc dès qu'il la vit et reçut son salut :

« Bienvenu, mille fois bienvenu, le roi, mon seigneur, et béni soit monseigneur Gauvain, son neveu.

– Belle jeune femme, dit le roi, je souhaite joie et bonheur en abondance à votre noble personne. »

En un geste de courtoisie et de parfaite politesse, il la prit entre ses bras, et elle fit de même, sans réserve. Je ne dis rien de la façon dont elle accueillit les autres ; mais je n'ai jamais entendu dire qu'on ait reçu des gens avec tant de joie, tant d'honneur et tant d'attention. Je pourrais raconter longuement quelle fête ce fut, si je ne risquais d'y gaspiller mes paroles ; je ferai seulement brièvement mention de la rencontre qui se fit dans l'intimité entre

---

1. *Écuyer* : voir note 1, p. 41.
2. *Faucon gruyer* : faucon dressé pour la chasse à la grue.
3. *Liesse* : joie débordante.

la lune et le soleil. Savez-vous de qui je veux parler ? Celui qui était le modèle des chevaliers et qui entre tous était le plus renommé, mérite bien d'être appelé le soleil. Par là je désigne monseigneur Gauvain, car il fait briller la chevalerie à la façon dont le soleil au matin déploie ses rayons et emplit de clarté tous les lieux où il se répand. Elle, je la compare à la lune, car il n'en peut être qu'une, éminente par sa sagesse et sa courtoisie ; néanmoins je ne le dis pas seulement pour l'excellence de sa renommée, mais aussi parce qu'elle s'appelait Lunete.

La demoiselle s'appelait Lunete, c'était une avenante[1] brunette, sage, avisée et de bonnes manières. Elle lie connaissance avec monseigneur Gauvain qui l'apprécie et l'aime beaucoup, et qui l'appelle son amie parce qu'elle avait sauvé de la mort son compagnon et ami. Aussi se déclare-t-il entièrement à son service. Elle, elle lui raconte en détail quelle peine elle eut à convaincre sa maîtresse d'accepter monseigneur Yvain comme mari, et comment elle le fit échapper aux mains de ceux qui le cherchaient : il était au milieu d'eux et ils ne le voyaient pas ! Monseigneur Gauvain rit beaucoup à ses récits et dit :

« Ma demoiselle, je vous fais don du chevalier que je suis, pour vous servir en cas de besoin et autrement. Ne m'échangez pas pour un autre, si vous ne pensez pas en valoir mieux. Je suis tout vôtre, soyez mienne dorénavant, ma demoiselle.

– Je vous en suis reconnaissante, seigneur », dit-elle.

Voilà comment tous deux, ils lient connaissance, tandis que les autres échangent des propos galants, car il y avait là une centaine de dames, toutes belles, distinguées, gracieuses, nobles, élégantes, réfléchies et pleines d'esprit, toutes jeunes femmes de haut lignage. Tout les invitait à goûter au plaisir de les prendre par le cou, de les embrasser, de leur parler, de les regarder ou de

---

1. *Avenante* : belle, plaisante.

s'asseoir à côté d'elles. Telles furent les faveurs que pour le moins on leur accorda.

140 Ils passèrent toute la semaine dans les réjouissances ; on pouvait, si on en avait envie, chasser en forêt ou au gibier d'eau ; et, si l'on voulait voir la terre que monseigneur Yvain avait conquise en épousant la dame, on pouvait s'avancer à deux lieues[1], voire trois ou quatre, d'un château à l'autre dans les environs.

145 Quand le séjour du roi s'acheva et qu'il ne voulut plus s'attarder, il fit préparer son retour. La semaine durant, tous avaient prié et insisté autant qu'ils l'avaient pu, afin d'emmener monseigneur Yvain avec eux.

« Comment, disait monseigneur Gauvain, serez-vous mainte-
150 nant de ceux qui à cause de leurs femmes se montrent moins vaillants ? Par sainte Marie, malheur à qui se marie pour déchoir[2] ! Qui a pour amie ou pour femme une belle dame, doit gagner en valeur, et il n'est pas de raison qu'elle continue de l'aimer si sa gloire et sa renommée n'en sont pas accrues. Vrai,
155 vous auriez bientôt à souffrir de son amour, si vous n'y gagniez rien, car une femme a vite fait de reprendre son amour, et non sans raison, si elle méprise celui qui déchoit si peu que ce soit quand il est maître du royaume. Allons, il faut que votre gloire grandisse. Rompez le frein et le licol[3], et nous irons affronter les
160 tournois ensemble afin qu'on ne vous fasse pas une réputation de jaloux. Ce n'est pas le moment de rêver, il faut courir les tournois, vous lancer dans les combats et les joutes serrées, même s'il vous en coûte[4]. Songe-creux[5] que celui qui n'entreprend rien ! Oui, il faut que vous partiez, et je combattrai sous

---

1. *Deux lieues* : une lieue équivalait à environ 4 km.
2. *Déchoir* : perdre de sa valeur, de son statut.
3. *Rompez le frein et le licol* : le frein et le licol sont des parties du harnachement des chevaux. L'expression signifie ici « brisez vos chaînes ».
4. *Même s'il vous en coûte* : même si cela vous est désagréable.
5. *Songe-creux* : rêveur, idéaliste (péjoratif).

vos couleurs. Prenez garde, cher compagnon, que notre amitié ne cesse de votre fait, car pour ce qui est de moi, elle n'a rien à craindre. Je m'étonne de voir comment on s'inquiète d'un confort qui dure sans cesse. Le bonheur gagne en saveur à être attendu, et on a plus de plaisir à goûter un petit bonheur qui se fait attendre qu'une grande félicité dont on jouit immédiatement.

« La joie d'amour qui met du temps à s'épanouir ressemble à la bûche encore verte que l'on met à brûler et qui donne d'autant plus de chaleur et dure d'autant plus longtemps qu'elle a été difficile à allumer. Il est des choses auxquelles on s'habitue dont on a beaucoup de peine à se passer ensuite ; quand on s'y décide on en est incapable. Mais je ne le dis pas pour le cas où j'aurais une amie belle comme la vôtre, cher compagnon ! Par la foi que je dois à Dieu et à ses saints, j'aurais bien de la peine à la quitter. Je suis sûr que j'en perdrais la tête. Mais on peut donner de bons conseils à autrui et être incapable de les suivre soi-même, tout comme les prédicateurs qui sont de fieffés coquins, mais qui prêchent[1] et enseignent la vertu qu'ils ne veulent pas suivre. »

Monseigneur Gauvain lui tint ces propos si fréquemment et avec tant d'insistance, qu'Yvain s'engagea à en parler à sa femme et promit de partir, s'il pouvait en avoir congé. Folie ou non, il ne manquera pas de demander qu'elle lui permette de retourner en Bretagne.

Il prit à part la dame qui ne se doutait de rien, et lui dit :

« Ma très chère dame, vous qui êtes mon cœur et mon âme, mon bien, ma joie et ma santé, accordez-moi une chose, pour votre honneur et pour le mien. »

La dame le lui promit, sans savoir ce qu'il voulait demander :

« Cher époux, lui dit-elle, vous pouvez exiger tout ce qu'il vous plaira. »

---

1. *Prêchent* : prônent, recommandent.

Sans attendre, monseigneur Yvain lui demanda congé d'accompagner le roi et d'aller combattre dans les tournois, pour éviter qu'on ne lui fasse une réputation de lâcheté.

« Je vous accorde congé, dit-elle, mais je fixe un délai ; l'amour que je vous porte deviendra haine, soyez-en assuré, si vous veniez à passer la date que je vais vous donner. Sachez que je ne me dédierai pas[1]. Si vous ne tenez pas parole, moi, je tiendrai la mienne. Si vous voulez garder mon amour, et que vous m'aimiez quelque peu, pensez de revenir dans un an au plus tard, soit huit jours après la Saint-Jean dont on fête aujourd'hui l'octave[2]. De mon amour, il ne vous restera que blême affliction[3], si, à cette date, vous n'êtes pas de retour auprès de moi. »

Monseigneur Yvain pleure et soupire si fort qu'il a de la peine à lui répondre :

« Dame, ce délai est trop long. Si je pouvais être colombe toutes les fois que je le voudrais, je serais bien souvent près de vous. Et je prie Dieu, s'il y consent, de ne pas me laisser attendre si longtemps. Mais l'on imagine revenir bien vite, alors qu'on ne sait rien de ce qui va se passer. Pour moi, je ne sais ce qui m'attend ; peut-être serai-je retenu par quelque empêchement, une maladie ou la prison. Vous avez eu tort de ne pas faire d'exception au moins en cas d'empêchement physique.

– Seigneur, dit-elle, je vous l'accorde. Mais je vous assure que, hormis la mort dont je prie Dieu de vous protéger, vous ne rencontrerez aucun contretemps tant que vous penserez à moi. Passez donc à votre doigt cet anneau qui m'appartient et que je vous prête ; je vais vous dévoiler les propriétés de sa pierre : aucun amant sincère et fidèle ne peut subir la prison ou être blessé, aucun mal ne peut lui arriver, pourvu qu'il le porte et

---

1. *Je ne me dédierai pas* : je ne manquerai pas à ma parole.
2. *Octave* : ici, huitième jour après une grande fête, lors duquel on reprend les célébrations ordinaires.
3. *Affliction* : voir note 2, p. 47.

qu'il pense à son amie ; il en devient plus robuste que le fer. Cet
225 anneau sera votre écu et votre haubert[1]. Jamais encore je n'ai
consenti à le prêter ou à le confier à un chevalier ; à vous je le
donne par amour. »

■ Laudine (détail extrait d'une enluminure
du XIVe siècle).

---

1. *Haubert* : voir note 4, p. 43.

La folie d'Yvain

Monseigneur Yvain, à regret, s'est éloigné de la dame, mais son cœur ne le suit pas. Le roi peut emmener le corps, il ne peut rien emporter du cœur : ce cœur est si étroitement uni au cœur de celle qui reste qu'il n'a pas le pouvoir de l'emmener. C'est un cœur étrange que le sien, qui est tout espérance, et l'attente est souvent trahie et trompée. Je pressens qu'Yvain ne s'attendra pas à voir l'espérance le trahir. Car, s'il dépasse d'un seul jour le terme qu'ils ont fixé ensemble, il lui sera bien difficile ensuite de trouver paix ou trêve[1] auprès de sa dame. Je pressens qu'il le dépassera, car monseigneur Gauvain ne le laissera pas s'éloigner de lui. Ils vont tous les deux affronter les tournois, en tous endroits où on en donne.

Cependant voici l'année passée. Monseigneur Yvain fit tant de prouesses[2] tout au long de l'année que monseigneur Gauvain se consacra à lui porter honneur. Il le fit tant tarder qu'une année complète passa et une partie de l'année suivante, si bien qu'on arriva à la mi-août ; le roi tenait sa cour à Cestre[3]. La veille, les deux compagnons étaient revenus d'un tournoi auquel monseigneur Yvain avait pris part et dont il avait remporté le prix.

---

1. *Trêve* : voir note 2, p. 37.
2. *Prouesses* : voir note 1, p. 9.
3. *Cestre* : peut-être l'actuelle Chester, ville située dans le nord-ouest de l'Angleterre.

20   Le conte, à ce qu'il me semble, dit qu'ils ne voulurent pas se loger dans la ville, mais qu'ils firent tendre leurs pavillons hors de l'enceinte et qu'ils y tenaient leur cour. Ils n'allèrent pas à la cour du roi et c'est le roi qui vint à la leur, car on voyait autour d'eux les meilleurs des chevaliers, toute l'élite. Le roi était assis
25 entre eux deux, quand monseigneur Yvain se mit à songer ; jamais depuis qu'il avait quitté sa dame, il n'avait été aussi absorbé dans ses réflexions ; il avait parfaitement conscience d'avoir failli à sa parole et que la date était passée. Il avait beaucoup de peine à retenir ses larmes, mais la pudeur l'y contraignit.
30 Plongé dans ses pensées, il vit venir face à lui une demoiselle qui arrivait à belle allure sur un palefroi[1] noir avec des balzanes[2]. Elle mit pied à terre devant le pavillon, sans l'aide de personne et personne non plus ne prit son cheval. Dès qu'elle aperçut le roi, elle laissa tomber son manteau[3], et, tête nue, elle pénétra
35 dans le pavillon et vint jusqu'à lui. Elle dit que sa dame saluait le roi et monseigneur Gauvain et tous les autres, hormis Yvain, le déloyal, le traître, le menteur, le hâbleur[4], qui l'a abandonnée et l'a trompée :

« Elle a parfaitement découvert sa hâblerie : il se faisait passer
40 pour un amant fidèle, alors qu'il était perfide, fourbe et voleur. Ce voleur a trompé ma dame qui ne soupçonnait pas le mal et qui ne croyait absolument pas qu'il pût lui voler son cœur. Ceux qui aiment ne volent pas les cœurs. L'ami s'empare du cœur de son amie sans en devenir le voleur, au contraire il en devient le
45 gardien, le protégeant contre les voleurs qui ont des airs d'honnêtes gens. Mais sont des voleurs hypocrites et traîtres, ceux qui

---

1. *Palefroi* : voir note 2, p. 41.
2. *Balzanes* : taches blanches aux pieds d'un cheval.
3. *Elle laissa tomber son manteau* : elle signale ainsi qu'elle est chargée d'une mission.
4. *Hâbleur* : celui qui enjolive la réalité.

luttent pour voler des cœurs dont ils ne se soucient pas. Monseigneur Yvain a voulu la mort de ma dame. Elle pensait qu'il allait veiller sur son cœur et le lui rapporter avant que l'année ne soit écoulée. Yvain ! tu as perdu la mémoire, tu n'as su te souvenir que tu aurais dû revenir auprès de ma dame au bout d'un an. Elle t'avait donné jusqu'à la fête de la Saint-Jean, et tu l'as tenue en tel mépris que tu ne t'en es pas souvenu. Ma dame a fait peindre sur les murs de sa chambre tous les jours et toutes les saisons ; car, quand on aime, on vit dans l'inquiétude, on ne peut jamais trouver un bon sommeil, mais toute la nuit, on compte et on additionne les jours qui passent et ceux qui restent. Sais-tu comment font les amants ? Ils ne cessent de compter les mois et les saisons. Sa plainte n'est pas sans raison et il n'y a pas d'erreur sur la date. Je ne viens pas déposer une réclamation publique, je dis seulement que tu nous as trahies quand tu as épousé ma dame. Yvain, pour ma dame tu n'es plus rien ; elle t'intime par ma bouche de ne jamais revenir vers elle et de ne plus garder son anneau. Par moi, que tu vois ici devant toi, elle te somme de le lui renvoyer. Rends-le-lui, il le faut. »

Yvain ne peut lui répondre, sa pensée se vide, les mots l'abandonnent. La demoiselle s'élance vers lui et lui ôte l'anneau du doigt. Ensuite elle recommande à Dieu le roi et tous les autres, hormis celui qu'elle laisse dans le plus grand tourment[1]. Tourment qui ne cesse de croître. Tout ce qu'il entend lui pèse, tout ce qu'il voit lui est odieux. Il voudrait disparaître, prendre la fuite, se retrouver seul en terre si sauvage qu'on ne sache où le chercher, et qu'il n'y ait personne, homme ou femme, qui sache rien de lui, comme s'il était au fond de l'enfer. Il ne hait rien plus que lui-même, et il ne sait à qui se plaindre de lui-même qui a causé sa propre mort. Mais il va perdre l'esprit avant de pouvoir se venger de lui-même qui s'est privé de toute joie. Il se retire de

---

1. *Tourment* : voir note 7, p. 27.

l'assemblée des barons, car il a peur de perdre la tête parmi eux ; comme personne ne pensait qu'il pût en arriver là, on le laissa
80 partir seul. Tous comprennent bien qu'il n'a pas envie de partager leurs propos et leurs réjouissances.

Il marcha tant qu'il fut loin des tentes et des pavillons. Alors lui monta dans la tête un tourbillon si violent qu'il en devient fou. Il déchire et met en lambeaux ses vêtements, il fuit par les
85 champs et les labours ; ses gens restent désemparés ; ils s'inquiètent et se demandent où il peut être ; ils le cherchent dans toute la région, dans les logis des chevaliers, dans les haies et dans les vergers. Mais ils le cherchent où il n'est pas. Il fuit à toute allure ; près d'un enclos, il trouva un rustaud[1] qui tenait
90 un arc et cinq flèches barbelées, larges et tranchantes. Il eut juste assez d'esprit pour aller prendre son petit arc au rustaud avec les flèches qu'il avait dans la main. Néanmoins il ne se souvenait plus de rien de ce qu'il avait pu faire. Il guette les bêtes dans les bois, et quand il les a tuées, il mange la venaison[2] toute crue.

95 Il resta si longtemps dans les halliers[3], comme une brute privée de raison, qu'il trouva la maison d'un ermite[4], une maison toute basse et toute petite ; l'ermite défrichait. Quand il aperçut cet homme qui était nu, il lui était facile de se rendre compte qu'il n'avait plus sa raison ; c'est ce qu'il comprit, il en
100 fut vite persuadé. Sous l'effet de la peur qu'il éprouva, il se jeta dans sa maisonnette. Le saint homme prit de son pain et de son eau qu'il mit à l'extérieur de la maison sur une fenêtre étroite. L'autre s'approcha, plein de convoitise, il prit le pain et y mordit. Je pense qu'il n'en avait jamais goûté de si âpre et de si rêche.
105 Le setier[5] de farine qui avait servi à faire le pain n'avait pas dû

---

1. ***Rustaud*** : personne qui manque d'éducation et de savoir-vivre.
2. ***Venaison*** : chair de grand gibier (daim, cerf, chevreuil, sanglier).
3. ***Halliers*** : fourrés, bois.
4. ***Ermite*** : religieux retiré dans un lieu isolé et désert.
5. ***Setier*** : ancienne mesure de capacité pour les grains, entre 150 et 300 livres.

coûter cinq sous ; le levain n'est pas si aigre ; c'était de l'orge pétrie avec la paille, et de plus, il était moisi et sec comme de l'écorce. Mais la faim le pressait tellement que le pain lui parut aussi bon qu'un plat de légumes. À tous repas, la faim est la
110 meilleure et la plus piquante des sauces. Monseigneur Yvain mangea tout le pain de l'ermite, qu'il trouva savoureux, et il but de l'eau froide à même le pot.

Quand il eut mangé, il se jeta à nouveau dans le bois, à la poursuite des cerfs et des biches. Le saint homme, dans son abri,
115 quand il le vit s'éloigner, pria Dieu de le protéger et de l'empêcher de revenir de ce côté. Mais il n'est pas de créature, si peu de sens qu'elle ait, qui ne retourne volontiers à l'endroit où on lui fait du bien. Par la suite, il ne se passa pas un jour complet, tant qu'il fut dans cette démence, sans qu'il vienne déposer à sa
120 porte une bête sauvage. Tel fut dès lors son genre de vie, et le saint homme s'occupait d'écorcher la peau et de mettre une bonne part de la venaison à cuire ; le pain était toujours avec le pot d'eau sur la fenêtre pour permettre au forcéné[1] de se rassasier. Pour apaiser sa faim et sa soif, il avait de la venaison sans sel
125 et sans poivre, et de l'eau froide de la fontaine. Le saint homme s'occupait de vendre les peaux et d'acheter du pain d'orge, d'avoine ou d'autre céréale. Yvain eut dès lors toute la nourriture qu'il lui fallait, du pain en abondance et du gibier.

Ce mode de vie dura longtemps jusqu'au jour où, dans la
130 forêt, deux jeunes filles et une dame qu'elles accompagnaient, car elles étaient de sa suite, le trouvèrent en train de dormir. L'une d'entre elles descendit et courut vers l'homme nu qui était sous leurs yeux. Elle le regarda longtemps avant de trouver sur lui un signe qui lui permît de le reconnaître ; elle l'avait pourtant
135 vu si souvent qu'elle l'aurait vite reconnu s'il avait été aussi richement vêtu que par le passé. Elle fut longtemps avant de le reconnaître ; toutefois, elle l'observa tant qu'à la fin, elle nota une

---

1. *Forcené* : homme qui a perdu la raison.

cicatrice qu'il avait au visage, et qu'elle se souvint que monseigneur Yvain avait la même. Mais elle se demande bien ce qui a pu lui arriver pour qu'elle le trouve dans cet état, misérable et nu. Elle ne cesse de s'en signer[1] et de s'en étonner ; pourtant elle ne cherche pas à le pousser et à le réveiller, elle prend son cheval, se met en selle, et revient aux autres pour leur raconter avec des larmes ce qui lui est arrivé.

« Dame, j'ai trouvé Yvain, un chevalier éprouvé et accompli[2] entre tous. Mais je ne sais quel malheur est arrivé à cet homme généreux ; peut-être a-t-il eu quelque chagrin qui l'a réduit en cet état ; car la douleur peut rendre insensé ; et l'on peut se rendre compte qu'il n'a pas toute sa raison : jamais il ne lui serait arrivé de se comporter aussi honteusement s'il n'avait perdu l'esprit. Ah, si Dieu permettait qu'il redevienne avisé comme au meilleur temps, et qu'alors il consente à vous venir en aide ! Les attaques du comte Alier qui ne cesse de vous faire la guerre, vous causent de grands dommages. Je verrais cette guerre terminée pour votre plus grand honneur, si Dieu vous donnait le bonheur de lui rendre la raison ; il entreprendrait de vous secourir en cette détresse. »

La dame répondit :

« Ne vous tracassez pas ! car, s'il ne s'enfuit pas, avec l'aide de Dieu, je crois que nous lui ôterons de la tête toute la fureur et la démence qui l'habitent. Mais il nous faut faire vite. Je me souviens d'un onguent[3] que me donna la savante Morgue[4] en me disant qu'il purgeait la tête de toute démence. »

Elles se dirigèrent aussitôt vers leur château qui était proche, puisqu'il n'y avait pas plus d'une demi-lieue[5], des lieues de ce

---

1. *S'en signer* : voir note 7, p. 42.
2. *Accompli* : voir note 2, p. 28.
3. *Un onguent* : une pommade.
4. *Morgue* : il s'agit de Morgane, demi-sœur du roi Arthur, aux dons de guérisseuse.
5. *Une demi-lieue* : voir note 1, p. 77.

pays-là, car comparées aux nôtres, il faut deux lieues pour en faire une et quatre pour en faire deux. Yvain resta seul et continua de dormir tandis que la dame allait chercher son onguent. Elle ouvrit un de ses coffrets et en retira la boîte qu'elle confia à la demoiselle, la priant d'en user avec mesure ; qu'elle lui en frictionne les tempes et le front, et qu'elle lui garde soigneusement le reste. Elle prépara pour Yvain une robe fourrée, une tunique et un manteau de soie écarlate, que la jeune fille emporta ; celle-ci mena également de la main droite un excellent palefroi à son intention. Personnellement elle ajouta une chemise et une culotte[1] en fine étoffe ainsi que des bas neufs et bien faits. Elle prit le tout et partit très vite.

Yvain dormait encore quand elle le trouva là où elle l'avait laissé. Elle mit ses chevaux dans un enclos où elle les attacha solidement, et se dirigea vers l'endroit où il dormait, avec les vêtements et l'onguent. Elle fit preuve de beaucoup de courage, car elle s'approcha si près du dément qu'elle put le palper et le toucher. Elle prend l'onguent et le frictionne tant qu'elle en trouve dans la boîte. Elle souhaite tant le guérir qu'elle le frictionne partout. Elle emploie la totalité de la boîte, sans se soucier de la recommandation de sa maîtresse ; elle n'y pense même pas. Elle en met plus qu'il est nécessaire ; mais elle est persuadée d'en faire bon usage. Elle lui en frictionne les tempes et le front, puis tout le corps jusqu'aux doigts de pied. Elle mit tant d'ardeur à lui frictionner sous un chaud soleil les tempes et tout le corps que son cerveau fut délivré de sa bile noire[2] et de sa démence. Mais c'était faire une folie que de frictionner aussi le corps, car il n'en était nullement besoin. Mais en eût-elle eu cinq barils qu'elle n'aurait pas agi autrement, j'en suis sûr. Prenant la boîte elle se

---

1. Culotte : à l'époque, pantalon qui va jusqu'au-dessous du genou.
2. Bile noire : selon les théories de l'époque, liquide sécrété par la rate qui provoque la mélancolie.

¹⁹⁵ sauva et vint se cacher près des chevaux. Mais elle a laissé les vêtements, parce qu'elle veut que, si Dieu le guérit, les voyant tout prêts, il les prenne et s'en revête. Elle se cacha derrière un grand chêne jusqu'à ce qu'Yvain après son long sommeil se trouvât guéri, à nouveau en bonne santé ; il avait retrouvé tous ses ²⁰⁰ esprits et sa mémoire.

Mais quand il se vit nu comme un ivoire, il fut saisi d'une honte qui aurait été plus vive encore s'il avait su ce qui lui était arrivé. Tout ce qu'il sait, c'est qu'il se voit nu ; il aperçut devant lui des vêtements neufs, et, pris d'un étonnement extrême, il se ²⁰⁵ demandait comment, par quel mystère, ils étaient arrivés là. Mais il se voit nu, il reste perplexe et abasourdi. Il se dit qu'il est perdu et trahi, si quelqu'un l'a trouvé dans cet état et l'a reconnu. Cependant il s'habille, tout en guettant par la forêt s'il verrait personne venir. Il veut se lever et se tenir debout, mais il en est ²¹⁰ incapable et ne peut s'en aller. Il lui faut de l'aide, quelqu'un qui l'aide et le conduise, car son mal l'a tellement affaibli qu'il a la plus grande peine à se tenir debout.

La demoiselle ne veut pas tarder davantage ; elle s'est mise en selle et se dirige vers l'endroit où il est, comme si elle ne savait ²¹⁵ pas qu'il s'y trouve. Mais lui, qui aurait bien besoin d'aide (et peu lui importe d'où elle vient) pour gagner un logis où retrouver ses forces, se met à l'appeler le plus fort qu'il peut. La demoiselle jette des regards autour d'elle comme si elle ne savait pas ce qui se passe. Elle feint l'étonnement et va de droite et de gauche, car ²²⁰ elle ne veut pas aller directement à lui. Mais lui, il recommence ses appels :

« Demoiselle, par ici, par ici ! »

La demoiselle dirigea à vive allure son palefroi vers lui, et lui fit croire par sa contenance qu'elle ignorait tout de lui et qu'elle ²²⁵ ne l'avait jamais vu. C'était agir avec bon sens et courtoisie[1].

---

1. *Courtoisie* : voir note 3, p. 27.

Quand elle fut devant lui, elle lui dit :

« Seigneur chevalier, que voulez-vous, pourquoi me lancez-vous des appels si pressants ?

– Ha, dit-il, sage demoiselle, je ne sais quel malheur m'a conduit dans ce bois. Au nom de Dieu et de votre foi, je vous prie de m'accorder en don que je vous revaudrai le palefroi que vous menez.

– Volontiers, seigneur, mais accompagnez-moi là où je vais.

– Où cela ? dit-il.

– Hors de ce bois, à un château tout près d'ici.

– Demoiselle, dites-moi, puis-je vous être utile ?

– Oui, dit-elle, mais je crois que vous n'êtes pas en bonne santé ; vous auriez besoin de quinze jours de repos au moins. Prenez le cheval que je mène à ma droite, et nous irons à ce logis. »

Yvain, qui ne demandait rien d'autre, le prit et se mit en selle et ils partirent. Ils finirent par arriver à un pont au-dessus d'une eau rapide et bruyante. La demoiselle jeta dans le courant la boîte vide qu'elle portait. Elle pensait excuser de la sorte la perte de l'onguent : elle dira qu'au passage du pont, elle eut le malheur de laisser tomber la boîte dans l'eau ; le palefroi avait fait un faux pas, la boîte lui avait échappé des mains, et elle avait bien failli tomber elle-même : la perte aurait alors été plus grave. Voilà le mensonge qu'elle a l'intention de présenter quand elle sera devant sa maîtresse.

Ils cheminèrent ensemble et arrivèrent au château, où la dame de Noroison offrit de bon cœur l'hospitalité à monseigneur Yvain. À sa demoiselle, elle demanda ce qu'il en était de la boîte et de l'onguent, mais seule à seule ; celle-ci lui récita le mensonge qu'elle avait prévu, n'osant pas avouer la vérité. La dame en fut extrêmement contrariée :

« Voici une perte bien fâcheuse, dit-elle, et je sais de façon certaine qu'elle ne sera jamais réparée. Mais puisque la chose est

faite, il faudra bien m'en passer. Parfois on s'imagine n'avoir en
260 vue que son bonheur, alors qu'on recherche son malheur. C'est
ce qui m'arrive, je croyais tirer profit et plaisir de ce chevalier, et
j'ai perdu ce que j'avais de plus précieux et de plus cher. Néanmoins, je vous prie de le servir en tout ce qu'il souhaitera.

– Ah, dame, voilà qui est bien parlé ! Ce serait un mauvais
265 tour que d'ajouter un second dommage au premier. »

Là-dessus, il ne fut plus question de la boîte et elles s'empressèrent d'entourer monseigneur Yvain des meilleurs soins : elles
le baignent, lui lavent la tête, lui coupent les cheveux et le rasent,
car on aurait pu lui prendre la barbe à plein poing sur le visage[1].
270 On ne lui refuse rien de ce qu'il peut vouloir ; veut-il des armes,
on les lui apprête ; veut-il un cheval, on lui en prépare un, fort,
grand, vigoureux et hardi[2].

---

1. *On aurait pu [...] visage* : l'expression signifie que sa barbe est très longue.
2. *Hardi* : voir note 4, p. 33.

Yvain combat les troupes du comte Alier

Il était encore au château quand, un mardi, survint le comte Alier avec ses chevaliers et ses gens ; ils mirent le feu et se livrèrent au pillage. Cependant les gens du château sautent en selle et prennent des armes. Revêtus ou non de leur armure, ils
5 font une sortie et rattrapent les pillards qui, sans daigner s'enfuir à leur approche, les attendaient dans un passage resserré.

Monseigneur Yvain frappe dans la masse ; il s'est si bien reposé qu'il a recouvré toutes ses forces. Il frappa si violemment un chevalier sur l'écu[1], qu'il ne fit qu'un tas du cheval et du
10 chevalier, à ce que je crois ; en voici un qui jamais plus ne se releva : le cœur lui avait éclaté dans la poitrine et il avait le dos brisé. Monseigneur Yvain recule un peu et revient à l'attaque ; bien couvert de son écu, il pique des éperons[2] pour dégager le passage. Ah, si vous l'aviez vu ! En moins de temps qu'il n'en
15 faut pour compter un, deux, trois, quatre, il avait abattu quatre chevaliers : ce fut vite fait et avec une facilité étonnante. Ceux qui combattaient avec lui reprenaient de la vigueur à le voir une hardiesse[3] accrue. On connaît des hommes au cœur lâche et faible, qui, au spectacle d'un chevalier vaillant prenant sur lui le
20 faix[4] du combat, sont soudain saisis de honte et de gêne ; ils en

---

1. *Écu* : voir note 3, p. 37.
2. *Éperons* : voir note 3, p. 44.
3. *Hardiesse* : voir note 4, p. 33.
4. *Faix* : poids.

abandonnent le cœur défaillant qui bat dans leur poitrine et en prennent subitement cœur et hardiesse de preux. C'est ainsi que ceux qui l'entourent deviennent vaillants, et tiennent très honorablement leur place au plus fort de la mêlée.

La dame était montée au sommet de son donjon ; elle assista aux mêlées et aux attaques lancées pour disputer et occuper le passage. Elle vit à terre un bon nombre de blessés et de tués, de ses gens comme de ses ennemis, mais plus de ceux-ci que des siens. Car monseigneur Yvain, en courtois[1] chevalier, plein de hardiesse et de vaillance, les réduisait à merci, comme un faucon qui pique sur des sarcelles[2].

Et tous ceux qui étaient restés dans le château, hommes ou femmes, disaient en l'observant par les créneaux :

« Quel valeureux combattant ! Comme il fait plier ses ennemis, comme il les attaque roidement[3] ! Il s'élance au milieu d'eux comme le lion parmi les daims quand il est tenaillé par une faim pressante. Tous nos chevaliers en deviennent plus hardis et plus redoutables. C'est à lui seul qu'on doit de les voir briser des lances[4] et tirer l'épée pour frapper. Quand un homme de cette valeur se présente, il faut l'aimer et le chérir sans réserve. Voyez donc comme sa vaillance éclate ! Voyez comme il se tient constamment au premier rang ! Voyez comme il teint de sang sa lance et la lame de son épée ! Voyez comme il bouscule ses adversaires ! Voyez comme il les presse ! Voyez-le se lancer contre eux, assener son coup, s'écarter et faire demi-tour ; il tourne sans perdre de temps et revient sans retard. Voyez comme dans le corps à corps il se soucie peu de son écu, qu'il laisse mettre en pièces : il n'en a aucune pitié ! Tout ce qu'il veut, à l'évidence,

---

1. *Courtois* : voir note 3, p. 27.
2. *Sarcelles* : oiseaux sauvages semblables à des canards.
3. *Roidement* (raidement) : ici, de manière rapide et violente.
4. *Lances* : voir note 4, p. 37.

c'est se venger des coups qu'il reçoit. Lui aurait-on fait des lances avec tout le bois de l'Argonne[1], je crois qu'il n'en resterait plus une à présent. Toutes celles qu'on lui fournit pour mettre sur le bourrelet de feutre[2], il les brise et il en demande d'autres. Voyez quels beaux coups d'épée il distribue dès qu'il dégaine. Jamais Roland[3] avec Durandal n'a fauché autant de Turcs[4] à Roncevaux ou en Espagne ! S'il avait avec lui quelques compagnons de sa trempe[5], aujourd'hui même, le traître qui suscite nos plaintes devrait se retirer en pleine déroute[6] ou rester et perdre tout honneur. »

Et d'ajouter qu'elle aurait beaucoup de chance celle qui aurait gagné l'amour d'un homme capable de tant d'exploits guerriers, et entre tous remarquable, tel un cierge entre des chandelles, ou la lune entre les étoiles, ou le soleil face à la lune. Il a si bien conquis le cœur de chacun et de chacune que tous, à voir la vaillance dont il fait preuve, voudraient qu'il fût l'époux de leur dame ; alors le gouvernement du pays lui reviendrait.

C'est en ces termes que tous et toutes faisaient son éloge, et ils n'exagéraient pas. Car il a si vivement assailli les attaquants qu'ils prennent la fuite à qui mieux mieux. Mais il les poursuit de fort près, suivi de tous ses compagnons, qui se sentent aussi en sécurité à ses côtés que s'ils étaient à l'abri de murs en forte pierre, hauts et épais. La poursuite dure longtemps, mais, finalement, les fuyards s'épuisent et les poursuivants les taillent en

---

1. *Argonne* : région à l'est du Bassin parisien.
2. *Bourrelet de feutre* : cylindre de tissu placé sur le devant de la selle et servant d'appui à la lance.
3. *Roland* : la *Chanson de Roland*, écrite au XIe siècle, célèbre les exploits du neveu de Charlemagne, qui, avec son épée Durandal, tint tête à toute une armée de Sarrasins au col de Roncevaux.
4. *Turcs* : nom donné à l'époque aux musulmans depuis les croisades.
5. *De sa trempe* : semblables à lui.
6. *Déroute* : fuite désordonnée.

pièces et éventrent leurs chevaux. Les survivants roulent sur les morts ; ils se blessent et s'entre-tuent mutuellement. Cependant le comte continue de fuir. Mais Yvain l'escorte et s'emploie à ne pas le lâcher. Il le presse tant qu'il finit par le rejoindre au pied d'une abrupte montée, tout près de l'entrée d'une forteresse qui lui appartenait. C'est là que le comte fut pris, sans que personne puisse lui venir en aide. Sans longues discussions, monseigneur Yvain le força à engager sa parole. Il dut jurer qu'il irait se rendre à la dame de Noroison ; il se constituerait prisonnier auprès d'elle, et accepterait ses conditions de paix.

Quand il l'eut forcé à donner sa parole, il lui fit ôter son heaume[1], enlever l'écu de son cou, et le comte lui rendit son épée nue. Il a réussi cet exploit glorieux de faire prisonnier le comte ; il le ramène à ses ennemis qui ne cachent pas leur joie. La nouvelle parvient au château avant leur arrivée. Tous et toutes sortent à leur rencontre, et la dame se présente la première. Monseigneur Yvain, qui tient son prisonnier par le bras, le lui remet. Le comte se plia entièrement à ses volontés et à ses conditions ; pour garantir ses engagements auprès de la dame, il donna sa parole, se lia par serment[2] et fournit des cautions. Il s'engageait à ne jamais troubler la paix, à réparer toutes les pertes qu'elle pourrait prouver et à reconstruire à neuf les maisons qu'il lui avait détruites.

Alors monseigneur Yvain demanda à la dame la permission de s'éloigner ; elle ne l'aurait pas laissé partir s'il avait voulu la prendre pour femme ou pour amie et l'épouser. Mais lui, il ne voulut même pas qu'on lui fasse le moindre bout d'escorte ou de cortège. Il partit sur-le-champ, et toutes les prières n'y purent rien.

---

1. *Heaume* : voir note 1, p. 44.
2. *Serment* : voir note 1, p. 39.

Le voici donc reparti, laissant fort malheureuse la dame qu'il avait transportée de joie. Elle aurait voulu le combler d'honneurs ; s'il l'avait voulu, elle l'aurait fait seigneur de tous ses biens, ou bien elle lui aurait donné, pour le remercier, les plus grandes récompenses. Mais sans prêter aucune attention à ce qu'on pouvait lui dire, il quitta la dame et ses chevaliers.

La rencontre du lion

Monseigneur Yvain cheminait, absorbé dans ses pensées, dans une forêt profonde, lorsqu'il entendit, au cœur du bois, un cri de douleur perçant. Il se dirigea alors vers l'endroit d'où venait le cri, et quand il y fut parvenu, il vit, dans une clairière,
5 un lion aux prises avec un serpent qui le tenait par la queue et qui lui brûlait les flancs d'une flamme ardente. Monseigneur Yvain ne s'attarda guère à regarder ce spectacle extraordinaire. En son for intérieur [1], il se demanda lequel des deux il aiderait, et décida de se porter au secours du lion, car on ne peut que
10 chercher à nuire à un être venimeux et perfide. Or le serpent est venimeux, et sa bouche lance des flammes tant il est plein de malignité [2]. C'est pourquoi monseigneur Yvain décida de s'attaquer à lui en premier et de le tuer.

Il tire son épée et s'avance, l'écu [3] devant son visage pour se
15 protéger des flammes qu'il rejetait par la gueule, une gueule plus large qu'une marmite. Si ensuite le lion l'attaque, il ne se dérobera [4] pas. Mais quelles qu'en soient les conséquences, il veut d'abord lui venir en aide. Il y est engagé par Pitié qui le prie de porter secours à la noble bête. Avec son épée affilée, il se porte

---

1. *En son for intérieur* : en lui-même.
2. *Malignité* : méchanceté.
3. *Écu* : voir note 3, p. 37.
4. *Se dérobera* : ici, se soustraira, s'échappera.

à l'attaque du serpent maléfique ; il le tranche jusqu'en terre et le coupe en deux moitiés. Il frappe tant et plus, et s'acharne tellement qu'il le découpe et le met en pièces. Mais il fut obligé de couper un bout de la queue du lion parce que la tête du serpent perfide y était accrochée. Il en trancha donc ce qu'il fallut : il lui était impossible d'en prendre moins.

Quand il eut délivré le lion, il pensa que celui-ci viendrait l'assaillir et qu'il allait devoir le combattre. Mais ce ne fut pas dans les intentions de l'animal. Écoutez ce que fit alors le lion, comme il se conduisit avec noblesse et générosité. Il commença par montrer qu'il se rendait à lui, il tendait vers lui ses pattes jointes, et inclinait à terre son visage. Il se dressait sur ses pattes arrière, et s'agenouillait[1] ensuite, tout en baignant humblement sa face de larmes. Monseigneur Yvain n'eut pas de doute et comprit que le lion lui manifestait sa reconnaissance et s'humiliait devant lui pour le remercier d'avoir tué le serpent et de l'avoir sauvé de la mort.

Cette aventure lui fait grand plaisir. Il essuie son épée souillée par le venin répugnant du serpent et la remet au fourreau avant de reprendre son chemin. Voici que le lion marche à ses côtés. Jamais plus il ne le quittera, désormais il l'accompagnera partout, car il veut le servir et le protéger.

Il allait devant lui et ouvrait le chemin lorsqu'il sentit sous le vent, alors qu'il avait pris de l'avance, des bêtes sauvages en train de paître. La faim et son naturel le poussent à chercher du gibier et à chasser pour assurer sa nourriture. Telle est la loi de Nature. Il commence à se lancer sur la piste, juste pour montrer à son maître qu'il a flairé une odeur de bête sauvage, puis il se retourne vers lui et s'arrête : il tient à le servir en obéissant à ses désirs et il ne voudrait aller nulle part contre sa volonté. À son regard, Yvain perçoit qu'il veut lui montrer qu'il attend. Il s'en rend bien

---

1. *Et s'agenouillait* : c'est l'attitude du vassal marquant sa soumission au suzerain.

compte et comprend que s'il s'arrête, il n'ira pas plus loin, mais que s'il le suit, il attrapera le gibier qu'il a senti. Alors il le lance et l'excite de ses cris, comme il l'aurait fait avec un chien de chasse. Le lion aussitôt mit le nez au vent ; son flair ne l'avait pas
55 trompé : à moins d'une portée d'arc, il vit un chevreuil qui pâturait seul dans une vallée. D'un bond, il s'en saisit, puis en but le sang tout chaud. Quand il l'eut tué, il le jeta sur son dos et alla le porter aux pieds de son maître. Dès lors Yvain lui voua une grande affection ; il en fit son compagnon pour toute sa vie à
60 cause de la grande amitié qu'il lui portait.

La nuit était proche. Il décida de faire halte à cet endroit et d'écorcher le chevreuil pour en découper ce qu'il voudrait en manger. Il se met donc à le dépouiller, lui fend le cuir sur les côtes et retire de la longe une pièce de chair entrelardée. D'un
65 caillou gris, il tire du feu qu'il fait prendre avec du bois sec ; il se hâte de mettre la pièce de viande à rôtir sur une broche devant le feu ; il la fait tant rôtir qu'elle est bientôt cuite. Mais il n'eut aucun plaisir à la manger, car il n'avait ni pain, ni vin, ni sel, ni nappe, ni couteau ni rien d'autre. Pendant qu'il mangeait, son
70 lion était couché devant lui ; il ne faisait pas un mouvement et ne cessait de le regarder jusqu'à ce qu'Yvain eût mangé toute la viande dont il avait envie. Le reste du chevreuil revint au lion qui le dévora jusqu'aux os. Yvain, toute la nuit, la tête sur son écu, se reposa comme il put. Le lion était si intelligent qu'il resta
75 éveillé et s'occupa de garder le cheval qui broutait l'herbe, ce qui était une bien maigre pitance [1].

---

1. *Maigre pitance* : faible portion de nourriture.

Retour à la fontaine, Lunete prisonnière

Le matin, ils repartirent ensemble et, tous deux, durant une quinzaine presque complète, ils menèrent, ce me semble, la même vie que cette nuit-là. Le hasard finit par les conduire à la fontaine sous le pin. Il s'en fallut de peu que monseigneur Yvain
5 ne perdît l'esprit une seconde fois, quand il fut près de la fontaine, du perron et de la chapelle. Mille fois il se proclame malheureux et affligé[1], et, sous l'effet de la douleur, tombe évanoui.

Son épée glissa et s'échappa du fourreau, et la pointe vint se ficher juste sur le cou, près de la joue, dans les mailles du
10 haubert[2]. Elles se rompent et, sous la maille étincelante, l'épée lui entame la chair du cou assez pour en faire couler le sang. Le lion crut voir mort son compagnon et son maître. Jamais vous n'avez entendu retracer une douleur plus grande que celle qu'il commença à manifester. Il se tord de désespoir, se griffe, crie ; il
15 veut se tuer de l'épée même qui, croit-il, a causé la mort de son bon maître. Il retire l'épée avec ses dents, et l'appuie sur un tronc qui était couché là ; il cale l'autre bout contre un arbre pour l'empêcher de dévier ou de glisser quand sa poitrine le heurtera. Il était sur le point d'accomplir son dessein[3], quand Yvain sortit
20 de son évanouissement. Le lion arrêta sa course, au moment

---

1. *Affligé* : voir note 2, p. 39.
2. *Haubert* : voir note 4, p. 43.
3. *Dessein* : projet, intention.

même où, en plein élan, il se lançait vers la mort, tel un sanglier furieux qui ne prend garde où il fonce.

Voilà comment monseigneur Yvain a perdu connaissance à côté du perron ; quand il revient à lui, il se reproche amèrement d'avoir laissé passer le délai d'un an, oubli qui lui avait attiré la haine de sa dame :

« Qu'attend-il pour se tuer, dit-il, le malheureux qui s'est ravi toute joie ? Ah, malheureux, pourquoi tarder à me donner la mort ? Comment puis-je rester ici à regarder ce qui appartient à ma dame ? Pourquoi mon âme s'attarde-t-elle dans mon corps ? Que fait-elle dans un corps si désespéré ? Si elle l'avait quitté, je n'endurerais pas un tel tourment[1]. J'ai toute raison de me haïr, de me blâmer, de me mépriser, et c'est ce que je fais. Quand on perd toute joie et tout bonheur par sa propre faute, il est normal qu'on se haïsse à mort ; qu'on se haïsse et qu'on se tue. Toute joie s'est éloignée de moi. Et qui par sa faute perd un tel bien, n'a pas droit au bonheur. »

Tandis qu'il se désespérait de la sorte, une malheureuse, une prisonnière, qui avait été enfermée dans la chapelle, vit et entendit la scène par une fente dans le mur. Dès qu'il eut retrouvé ses esprits, elle l'appela :

« Dieu, dit-elle, qui est-ce que j'entends là ? Qui peut bien se livrer à un tel désespoir ? »

Il répondit :

« Et vous, qui êtes-vous ?

— Je suis, fit-elle, une prisonnière, la créature la plus affligée du monde. »

Il répondit :

« Tais-toi, folle. Une douleur comme la tienne est une joie, un malheur comme le tien un bonheur comparé à celui qui me fait

---

1. *Tourment* : voir note 7, p. 27.

languir[1]. Plus un homme s'est habitué à vivre dans le plaisir et la joie, plus le malheur qui survient l'égare et lui fait perdre la tête ; il souffre plus qu'un autre.

– Mon Dieu ! fit-elle, je sais bien que vous dites vrai. Mais cela ne signifie pas pour autant que vous soyez plus malheureux que moi. Je suis d'un avis contraire, car je constate que vous êtes libre de vos mouvements alors que je suis prisonnière ici. Demain on viendra me tirer d'ici et me livrer au dernier supplice : tel est le sort qui m'attend.

– Ha, Dieu ! dit-il, pour quel crime ?

– Seigneur chevalier, que Dieu n'ait jamais pitié de mon âme, si je l'ai aucunement mérité ! Néanmoins, je vais vous dire en toute vérité la raison pour laquelle je me trouve emprisonnée ici : on m'accuse de trahison, et je ne trouve personne pour prendre ma défense et m'éviter d'être demain brûlée ou pendue.

– À présent, fit-il, je peux affirmer que ma douleur et mon désespoir sont plus grands que votre chagrin ; car le premier venu pourrait vous tirer de ce danger, n'est-il pas vrai ?

– Si, mais je n'ai encore personne. Il n'y a que deux hommes au monde qui oseraient affronter trois combattants pour me défendre.

– Comment cela ? Mon Dieu, sont-ils donc trois ?

– Oui, seigneur, je vous le jure. Ils sont trois à m'accuser de trahison.

– Et qui sont ceux qui ont tant d'amitié pour vous que chacun d'eux serait assez hardi[2] pour oser affronter trois adversaires afin de vous sauver et de vous protéger ?

– Je n'ai pas de raison de vous mentir, l'un est monseigneur Gauvain, et l'autre monseigneur Yvain, à cause de qui demain je vais être à tort livrée au dernier supplice.

---

1. *Languir* : dépérir, être dans un état d'attente désespérée.
2. *Hardi* : voir note 4, p. 33.

– Pour qui ? fait-il, qu'avez-vous dit ?
– Seigneur, Dieu me garde, à cause du fils du roi Urien.
– Je vous ai parfaitement entendue ; hé bien, vous ne mourrez pas sans lui. Je suis moi-même Yvain, celui pour qui vous connaissez ces angoisses. Et vous, je crois bien que vous êtes celle qui, dans la salle, m'avez accordé votre protection : c'est vous qui m'avez sauvé la vie quand, pris entre les deux portes coulissantes, j'étais dans le plus grand trouble, fort inquiet de cette situation périlleuse. Sans votre aide généreuse, j'aurais été tué ou fait prisonnier. Mais dites-moi donc, ma douce amie, qui sont ceux qui vous accusent de trahison et vous ont enfermée dans cette cellule ?

– Seigneur, je ne vous le cacherai pas davantage. Il est indéniable que je me suis employée à vous aider de grand cœur. Grâce à mon insistance, ma dame accepta de vous épouser, suivant en cela mes avis et mes conseils. Par le Notre Père, je pensais agir plus pour son bien que pour le vôtre, et je continue de le penser. Je peux bien vous le dire maintenant : sur mon salut, je cherchais autant à servir son honneur qu'à obtenir ce que vous vouliez. Mais quand il arriva que vous eûtes passé le délai d'un an et oublié la date où vous auriez dû revenir auprès de ma dame, elle se fâcha contre moi et s'estima trompée de m'avoir fait confiance. Quand le sénéchal[1] l'apprit, un homme perfide, traître et déloyal, qui me jalousait fort parce qu'en bien des affaires ma dame m'accordait plus de confiance qu'à lui, il comprit que dès lors il pouvait la dresser contre moi. En pleine cour, devant tous, il m'accusa de l'avoir trahie pour vous. Je ne pouvais trouver de conseil et d'aide qu'auprès de moi-même ; j'étais la seule à savoir que jamais je n'avais trahi ma dame, ni en acte, ni en pensée. Affolée, je répondis aussitôt, sans réfléchir, que je ferais justice de cette accusation en produisant[2] un chevalier

---

1. *Sénéchal* : voir note 1, p. 30.
2. *Produisant* : ici, présentant.

contre trois. Le sénéchal n'eut pas la courtoisie[1] de refuser. Je n'eus aucune possibilité, quoi qu'il advînt, de revenir sur ma proposition. Il me prit au mot et il me fallut m'engager à produire un chevalier contre trois dans un délai de quarante jours[2]. Je me suis rendue dans bien des cours ; j'ai été à la cour du roi Arthur ; je n'y trouvai personne pour m'aider, personne non plus qui puisse me donner des nouvelles de vous propres à me plaire ; on ne savait rien de vous.

– Mais monseigneur Gauvain, le noble, le doux ami, je vous prie, où était-il donc ? Jamais demoiselle dans le besoin ne manqua de trouver auprès de lui une aide toute prête.

– Si je l'avais trouvé à la cour, il ne m'aurait rien refusé de ce que j'aurais pu lui demander. Mais la reine a été emmenée par un chevalier[3], m'a-t-on dit, et le roi a commis la folie de permettre qu'elle le suive. Je crois que Keu l'escorta jusqu'au chevalier qui l'emmène. Monseigneur Gauvain qui est parti à sa recherche s'est préparé de rudes épreuves. Voilà, je vous ai rapporté avec exactitude tout ce qui m'est arrivé. Demain je mourrai de mort honteuse, je serai brûlée sans autre délai, parce qu'on vous hait et qu'on vous méprise.

– À Dieu ne plaise, répondit Yvain, que l'on puisse vous faire du mal à cause de moi. Tant que je serai vivant, vous ne mourrez pas ! Demain vous pouvez compter que j'arriverai, prêt à user de toutes mes forces, et que je mettrai ma vie en jeu, comme il se doit, pour vous délivrer. Mais gardez-vous[4] de révéler autour de vous qui je suis ! Quelle que soit l'issue du combat, veillez à ce qu'on ne me reconnaisse pas !

---

1. *Courtoisie* : voir note 3, p. 27.
2. *Délai de quarante jours* : ce délai appartient au droit féodal.
3. *La reine a été emmenée par un chevalier* : c'est le sujet d'un autre roman de Chrétien de Troyes, *Lancelot ou le Chevalier de la charrette*.
4. *Gardez-vous* : voir note 4, p. 41.

– Certes, seigneur, quels que soient mes tourments, je tairai votre nom. Plutôt mourir, et vous obéir. Néanmoins, je vous prie de ne pas revenir pour moi. Je ne veux pas que vous entrepreniez un combat si déloyal. Je vous suis reconnaissante de m'avoir promis de le faire si volontiers. Soyez-en pleinement quitte ! Il vaut mieux que je sois seule à mourir plutôt que de les voir se réjouir de votre mort et de la mienne. S'ils vous tuent, je n'en mourrai pas moins. Il vaut mieux que vous restiez en vie plutôt que nous y trouvions la mort tous les deux.

– Vous me faites grande injure, ma chère amie ! dit monseigneur Yvain. Je ne veux pas en discuter plus longtemps avec vous, car vous avez tant fait pour moi, qu'il est de mon devoir de vous secourir en toute circonstance. Je sais que vous êtes pleine d'inquiétude, mais avec l'aide de Dieu en qui je crois, ils y perdront l'honneur tous les trois. Il n'y a rien à ajouter, je m'en vais passer la nuit dans ce bois, n'importe où, car je ne connais pas de logis à proximité.

– Seigneur, dit-elle, que Dieu vous donne bon gîte et bonne nuit, et vous protège comme je le souhaite de toute mésaventure. »

■ Lunete emprisonnée dans la chapelle (XIVᵉ siècle).

Yvain combat Harpin de la Montagne

Monseigneur Yvain s'éloigna aussitôt, suivi de son lion qui ne le quittait pas. Ils arrivèrent bientôt près de la demeure fortifiée d'un baron ; elle était entièrement ceinte[1] de murs élevés, puissants et épais. C'était un château qui ne craignait pas les coups des mangonneaux[2] ou des perrières[3], tant ses fortifications étaient puissantes. Ils pénètrent alors dans le château et voient venir à leur rencontre des chevaliers, des dames, des demoiselles avenantes[4], qui saluent Yvain, le font descendre de cheval et s'empressent de le désarmer.

« Bienvenue parmi nous, cher seigneur, lui disent-ils ; que Dieu vous accorde un séjour heureux et vous donne de repartir comblé de joie et d'honneur. »

Du plus humble au plus grand, ils se réjouissent tous et y mettent tout leur cœur ; un cortège joyeux le conduit à l'intérieur du château. Mais, après ces démonstrations d'allégresse[5], une tristesse les prend qui efface leur joie ; et commencent des cris et des pleurs, tandis qu'ils s'égratignent le visage. Ils ne cessent de passer de la joie aux pleurs. Mais s'ils tiennent à honorer leur hôte en l'accueillant dans la joie, le cœur n'y est pas. Car ils

---

1. *Ceinte* : entourée.
2. *Mangonneaux* : catapultes servant à projeter des pierres.
3. *Perrières* : machines servant à lancer des projectiles.
4. *Avenantes* : voir note 1, p. 76.
5. *Allégresse* : voir note 3, p. 36.

vivent dans l'angoisse d'une aventure qu'ils attendent pour le lendemain ; ils sont tous persuadés qu'elle se produira avant qu'il soit midi.

Monseigneur Yvain était rempli d'étonnement à les voir si souvent changer de contenance et faire alterner douleur et joie. Il s'adressa au seigneur du lieu :

« Par Dieu, dit-il, très cher seigneur, dites-moi, s'il vous plaît : pourquoi tant de marques d'honneur, tant de joie et aussi tant de pleurs ?

– Je vais vous dévoiler notre chagrin. Un géant s'est acharné à me nuire. Il voulait que je lui donne ma fille dont la beauté est sans égale dans le monde. Ce perfide géant (que Dieu puisse l'anéantir) se nomme Harpin de la Montagne. Il ne se passe pas de jour qu'il ne vienne s'emparer de tout ce qu'il peut trouver. Personne n'a plus de raisons que moi de se lamenter ou d'exprimer sa douleur. Je devrais en perdre la raison : j'avais six fils, tous chevaliers ; je n'en savais de plus beaux au monde. Le géant les a tous pris. Sous mes yeux, il en a tué deux, et demain il tuera les quatre autres si je ne trouve personne qui ose l'affronter pour les délivrer, ou si je ne consens pas à lui livrer ma fille. Quand il l'aura, il dit qu'il l'abandonnera pour leur plaisir aux plus vils et aux plus répugnants coquins qu'il pourra trouver dans sa maison, car lui, il n'en voudrait même plus. Et ce malheur est pour demain, si Dieu ne me vient en aide. Voilà, je vous ai tout dit de nos terribles malheurs. Le géant a saccagé tous nos châteaux et toutes nos forteresses ; il ne nous a rien laissé, que ce que nous avons ici. Vous-même, ce soir, vous avez pu voir, si vous y avez pris garde, qu'il n'a rien laissé à l'extérieur de ces murailles qui viennent d'être faites. Il a rasé tout le bourg ; après avoir dérobé[1] ce qui lui faisait envie, il a mis le feu à ce qui restait. Voilà quelques-uns des crimes auxquels il s'est livré. »

---

1. *Dérobé* : voir note 2, p. 50.

Monseigneur Yvain écouta le récit de son hôte, et, prenant ensuite la parole, lui en dit son sentiment :

« Seigneur, fit-il, votre malheur me révolte et m'afflige[1]. Mais il est une chose qui m'étonne : pourquoi n'avoir pas demandé secours à la cour du vaillant roi Arthur ? Il n'est pas d'homme de si grande force qui ne puisse trouver à sa cour des chevaliers qui veuillent mesurer leur force à la sienne. »

Le puissant seigneur lui révéla alors qu'il aurait eu une aide de qualité, s'il avait su où trouver monseigneur Gauvain :

« Il n'aurait pas traité l'affaire à la légère, car ma femme est sa propre sœur. Il est assuré que monseigneur Gauvain, le vaillant, serait venu au plus vite défendre sa nièce et ses neveux, s'il avait appris cette aventure. Mais il n'en a pas connaissance, et j'en suis si accablé que j'en ai le cœur près d'éclater. C'est qu'il s'est lancé à la poursuite de celui qui a enlevé la reine. »

À l'écoute de ce récit, monseigneur Yvain ne cesse de pousser de grands soupirs ; pris de pitié, il répond :

« Très cher seigneur, je m'offrirais volontiers à affronter cette aventure et ce péril, si demain le géant ne tardait pas trop à venir avec vos fils ; car à midi, je ne serai plus ici, je dois être ailleurs comme je l'ai promis.

– Cher seigneur, dit le digne homme, votre décision me touche et je vous en rends mille fois grâces. »

Et tous, dans la maison, de lui exprimer leur reconnaissance.

Sortant d'une chambre, la jeune fille parut alors ; elle était d'allure distinguée et son visage était beau et plein de charme. Elle s'avançait sans apparat[2], abattue et silencieuse, sous le coup d'une douleur qui ne pouvait cesser ; elle tenait la tête baissée vers la terre. Sa mère l'accompagnait. Le seigneur les avait fait

---

1. *M'afflige* : voir note 2, p. 39.
2. *Sans apparat* : vêtue et coiffée de manière simple.

venir pour leur montrer son hôte. Elles arrivèrent, enveloppées dans leurs manteaux pour cacher leurs larmes. Il les invita à en ouvrir les pans et à relever la tête :

« Ne soyez pas fâchées de ce que je vous demande. Dieu et une heureuse fortune ont conduit ici un chevalier valeureux et de haute lignée qui s'engage à combattre le géant. Allez donc sans plus attendre vous jeter à ses pieds.

– Dieu me garde d'accepter ! s'écria aussitôt monseigneur Yvain. Il serait tout à fait inconvenant que la sœur de monseigneur Gauvain ou sa nièce se mettent à mes pieds. J'en éprouverais une honte impossible à oublier jamais. Mais je serais heureux qu'elles puissent reprendre courage jusqu'à demain, où elles verront si Dieu consent à les aider. Pour moi, il est inutile de me prier davantage, il faudra seulement que le géant arrive assez tôt pour m'éviter de manquer ailleurs à mes engagements. Car je n'oublierais pour rien au monde de me trouver demain midi, prêt à m'engager dans l'épreuve la plus importante que j'aie jamais dû affronter. »

Le lendemain matin, cependant qu'il attend, arrive à vive allure le géant avec les chevaliers. Il portait au cou un pieu carré, énorme et pointu, dont il les frappait souvent. Ils n'avaient sur eux aucun vêtement qui vaille, en dehors de chemises sales et répugnantes. Ils avaient les mains et les pieds étroitement liés de cordes, et étaient assis sur quatre chevaux boiteux, chétifs, maigres et épuisés. Ils arrivaient le long d'un bois ; un nain bouffi comme un crapaud avait noué leurs chevaux par la queue et, passant de l'un à l'autre, il ne cessait de les frapper avec un fouet à quatre nœuds, ce qu'il prenait pour une prouesse [1]. Il les battait jusqu'au sang.

Le géant s'élance vers Yvain, l'air féroce et la bouche pleine de menaces :

---

1. *Prouesse* : voir note 1, p. 9.

« Il fallait qu'on ne t'aime guère pour t'envoyer ici, par mes yeux ! Il n'y avait sûrement pas de meilleur moyen de se venger de toi ! Voilà une excellente façon de se venger du mal que tu as fait !

— Inutile de commencer à discuter ! fait Yvain qui n'en a pas peur. Fais de ton mieux et moi de même. Les paroles creuses me fatiguent ! »

Aussitôt monseigneur Yvain qui a hâte de pouvoir s'en aller, s'élance sur lui. Il s'apprête à le frapper en pleine poitrine, sur la peau d'ours qui le protège. En face, le géant arrive sur lui à toute allure avec son épieu[1]. Monseigneur Yvain l'atteint en pleine poitrine d'un coup qui transperce la peau d'ours ; le sang qui jaillit du corps lui sert de sauce pour tremper le fer de sa lance[2]. Le géant lui abat un tel coup d'épieu qu'il le fait ployer sur l'arçon[3]. Monseigneur Yvain tire l'épée dont il sait frapper de grands coups. Le géant s'est imprudemment découvert ; se fiant trop en sa force, il négligeait de porter une armure. Yvain s'élance sur lui, l'épée au poing, et, du tranchant, non point du plat, lui porte un coup qui lui taille une balafre sur la joue. L'autre réplique si violemment qu'Yvain s'affaisse sur l'encolure de son destrier.

À ce coup, le lion se hérisse et se prépare à venir au secours de son maître ; emporté par la fureur, il bondit, s'accroche au géant et fend comme il le ferait d'une écorce la peau velue qu'il porte sur lui ; sous la peau, il arrache un grand morceau de la hanche dont il tranche les nerfs et les muscles. Le géant se dégage vivement ; il mugit et crie comme un taureau, car le lion l'a sérieusement blessé. Il lève à deux mains son épieu et veut frapper, mais il manque son coup : le lion a fait un bond en arrière. Le coup se perd et tombe près de monseigneur Yvain, sans

---

1. *Épieu* : bâton pointu.
2. *Lance* : voir note 4, p. 37.
3. *Arçon* : voir note 3, p. 45.

atteindre personne. Monseigneur Yvain leva son épée et lui fourra deux coups au corps. Avant que l'autre ait pu se mettre en garde, il lui avait du tranchant de l'épée séparé l'épaule du buste. Au second coup, il l'atteignit sous la mamelle droite et lui plongea toute la lame de l'épée dans le foie. Le géant s'effondre, en proie aux affres de la mort. La chute d'un grand chêne n'aurait pas, je crois, fait plus grand fracas que le géant en s'écroulant.

Tous ceux qui étaient aux créneaux voulurent voir ce coup de maître. On put alors savoir qui était le plus rapide : tous coururent à la curée[1] comme des chiens qui après une longue poursuite viennent de prendre la bête. Voilà comment, rivalisant de vitesse, tous et toutes, ils se précipitèrent à l'endroit où le géant était étendu, bouche bée vers le ciel. Le seigneur en personne y accourut avec tous les gens de sa cour ; la fille aussi y accourut ainsi que sa mère. Quelle joie maintenant pour les quatre frères, après les maux terribles qu'ils ont endurés !

Pour monseigneur Yvain, ils savent bien tous qu'il serait impossible de le retenir, quoi qu'il puisse arriver. Ils le prient donc de revenir pour se divertir et se reposer, sitôt qu'il aura terminé ce qui l'appelle là où il se rend. Il répond qu'il ne peut leur donner aucune assurance, car il ne peut prévoir s'il s'en tirera bien ou mal. Mais il dit au seigneur qu'il voulait que ses quatre fils et sa fille prennent le nain, et aillent trouver monseigneur Gauvain, quand ils sauront qu'il est de retour. Il souhaite aussi qu'ils lui racontent comment il s'est conduit, car c'est un exploit inutile que celui qu'on ne fait pas connaître.

« Un tel exploit, disent-ils, ne sera sûrement pas passé sous silence, ce serait injuste. Nous ferons exactement ce que vous voudrez. Mais dites-nous ce que nous pourrons dire quand nous serons devant lui. De qui devrons-nous nous louer, puisque nous ne savons comment vous nommer ?

---

1. *À la curée* : rapidement. La curée est le moment où l'on nourrit les chiens après la chasse (avec un morceau de la bête tuée).

– Dites-lui seulement, répondit-il, quand vous serez en sa présence, que je vous ai dit que mon nom était le Chevalier au lion. Ajoutez-y de ma part, je vous prie, qu'il me connaît bien et que je le connais bien, même s'il ne sait pas qui je suis. Voilà
175 tout ce que j'ai à vous demander. Il me faut maintenant partir d'ici, car rien ne m'inquiète davantage que de m'être trop attardé avec vous. Avant que midi ne soit passé, j'aurai fort à faire ailleurs si je peux y venir à temps. »

■ Yvain secourant le lion (XIVᵉ siècle).

Yvain combat pour Lunete et revoit Laudine qui ne le reconnaît pas

    Il les quitte alors sans s'attarder davantage. Il ne voulut accepter personne pour l'accompagner : il partit seul. À peine les a-t-il quittés, qu'il presse son cheval et s'en retourne à toute allure vers la chapelle. Le chemin était direct et en bon état, et il sut ne pas s'en écarter. Mais avant qu'il ait pu arriver à la chapelle, on en avait fait sortir la demoiselle, et on avait préparé le bûcher où elle devait être placée. Vêtue d'une simple chemise[1], les mains liées, elle avait été conduite devant le feu par ses accusateurs qui injustement lui imputaient[2] des desseins[3] qu'elle n'avait jamais eus. Monseigneur Yvain arrive, la voit devant le feu où on veut la jeter. Inutile de dire qu'il fut saisi d'une angoisse extrême ; mais il garde confiance au fond de son cœur et ne doute pas que Dieu et le droit seront de son côté et lui viendront en aide : ce sont les compagnons sur lesquels il compte, sans oublier son lion. Il s'approche à toute allure de la foule en criant :

    « Arrêtez, laissez cette demoiselle, misérables ! C'est une injustice que de la mettre sur un bûcher ou dans une fournaise ; elle ne l'a pas mérité ! »

    Aussitôt, c'est la débandade, on lui fait place. Mais lui, il lui tarde de voir de ses yeux celle qu'il ne cesse de voir dans son

---

1. *Chemise* : ici, vêtement qui se portait sous la robe.
2. *Lui imputaient* : lui attribuaient.
3. *Desseins* : voir note 3, p. 99.

cœur, où qu'elle puisse se trouver. Il la cherche des yeux, finit par l'apercevoir, ce qui donne un tel choc à son cœur qu'il doit le retenir, lui mettre un frein, comme à grand-peine on retient d'une forte bride un cheval plein de fougue. Néanmoins, tout en soupirant, il s'attarde à la regarder, mais ses soupirs restent discrets pour éviter qu'on les remarque.

Une immense pitié le saisit à voir et entendre les pauvres femmes se lamenter douloureusement :

« Ha, Dieu ! comme tu nous as oubliées ! Dans quel abandon nous allons nous trouver quand nous perdons une si généreuse amie, qui savait être de si bon conseil et de si grande aide pour nous à la cour. C'est grâce à elle que ma dame nous donnait ses robes fourrées à porter. Les choses vont bien changer désormais ; il n'y aura plus personne pour parler en notre faveur. Que Dieu maudisse ceux qui nous l'enlèvent ! Qu'il maudisse ceux qui vont nous en priver ! Ce sera pour nous une grande perte !... »

Voilà quelles étaient leurs plaintes. Monseigneur Yvain, qui se trouvait au milieu d'elles, entendit parfaitement leurs lamentations qui n'avaient rien de faux ni d'exagéré. Il vit Lunete à genoux, elle n'avait que sa chemise sur le dos ; déjà elle s'était confessée, avait demandé pardon à Dieu de ses péchés, et avait battu sa coulpe[1]. Yvain, qui lui gardait une si grande affection, s'avança vers elle, la releva et lui dit :

« Ma demoiselle, où sont ceux qui vous accusent et qui vous poursuivent ? À l'instant même, s'ils ne se dérobent[2] pas, le combat leur sera offert. »

La jeune fille, sans le voir ni le regarder, lui dit :

« Seigneur, c'est Dieu qui vous envoie me secourir en ce péril ! Ceux qui m'accusent faussement sont ici, prêts à s'en prendre à moi. Si vous étiez venu un peu plus tard, je n'aurais bientôt été

---
1. *Avait battu sa coulpe* : s'était repentie de ses péchés.
2. *Se dérobent* : voir note 4, p. 96.

que charbon et cendre. Vous êtes venu prendre ma défense : que Dieu vous en donne la force, aussi vrai que je suis innocente du crime dont on m'accuse ! »

À ces mots, le sénéchal[1] et ses deux frères, qui l'avaient écoutée, s'exclament :

« Ah, femme ! créature chiche de[2] vérité et généreuse de mensonge ! Il faut être complètement fou pour se fier à tes paroles et se charger d'une aussi lourde tâche. Le chevalier qui est venu mourir pour toi fait preuve d'une grande naïveté, car il est seul et nous sommes trois. Je lui conseille de s'en retourner, avant que la situation ne tourne mal pour lui. »

Yvain, que tout cela impatiente fort, répond :

« Aux peureux de prendre la fuite ! Ce qui me fait peur, ce ne sont pas vos trois écus[3], mais d'être vaincu sans me battre. Quel triste chevalier je ferais, si, sain de corps et d'esprit, je vous laissais le champ libre et abandonnais la place ! Tes menaces ne me feront pas fuir. Je te conseille plutôt d'abandonner tes accusations contre cette demoiselle que tu as calomniée injustement ; car elle l'affirme, et je la crois, elle me l'a assuré sur la foi du serment[4] et sur le salut de son âme : jamais elle n'eut envers sa dame, acte, parole ou pensée de trahison. Je fais entièrement crédit à ses paroles et je la défendrai, si je le peux ; son bon droit me viendra en aide ; et s'il faut dire la vérité, Dieu se tient du côté du droit, Dieu et le droit ne font qu'un ; puisqu'ils viennent se ranger à mes côtés, j'ai de plus valeureux compagnons que toi, et bien meilleur secours. »

L'autre répondit présomptueusement en l'invitant à lui nuire par tous les moyens qu'il lui plaira, pourvu que son lion ne les attaque pas. Yvain répondit qu'il n'avait pas amené son lion

---

1. *Sénéchal* : voir note 1, p. 30.
2. *Chiche de* : avare de, pauvre en.
3. *Écus* : voir note 3, p. 37.
4. *Serment* : voir note 1, p. 39.

pour en faire son champion, et qu'il ne veut mêler personne en cette affaire en dehors de lui-même. Mais, si son lion vient à l'attaquer, qu'il se défende au mieux ; il ne peut lui donner aucune assurance sur ce point. L'autre répondit :

« Paroles en l'air ! Si tu ne retiens pas ton lion et ne l'obliges pas à rester tranquille, tu n'as que faire ici, pars ! ce sera plus prudent, car tout le pays sait comment cette femme a trahi sa dame. Il est donc juste qu'elle le paie par la flamme et par le feu.

– Non point, par le Saint-Esprit ! fait Yvain qui sait bien ce qu'il en est. Dieu m'en soit garant, je ne partirai pas avant de l'avoir délivrée ! »

Il demanda alors au lion de se retirer et de se coucher sans bouger ; ce qu'il fit immédiatement.

Le lion s'est retiré. Les adversaires ne s'adressent plus un mot, ils prennent du champ[1]. Le sénéchal et ses frères s'élancent tous trois au galop vers Yvain. Mais lui, il s'avance au pas à leur rencontre, car il ne veut pas, dès les premiers échanges, s'épuiser par une charge violente. Il les laisse rompre leurs lances[2] et garde la sienne intacte ; il se borne à présenter son écu comme une quintaine[3] sur laquelle chacun vient briser sa lance. Il pique alors et s'éloigne de quelques mètres, mais revient bien vite à l'ouvrage car il ne veut pas perdre de temps. En revenant, il atteint le sénéchal qui devançait ses deux frères, lui brise sa lance sur le corps ; le voilà jeté à terre bien malgré lui ! Yvain lui a donné un coup si violent qu'il reste étendu sans connaissance un long moment, bien incapable de nuire. Les deux autres foncent sur lui. Brandissant leurs épées nues, ils lui donnent tous deux

---

1. *Prennent du champ* : prennent de l'espace avant de s'élancer sur leur rival.
2. *Lances* : voir note 4, p. 37.
3. *Quintaine* : poteau contre lequel le cavalier s'exerçait à frapper avec sa lance.

de grands coups, qu'il leur rend en plus durs, car un seul de ses coups en vaut sûrement deux des leurs. Il se défend si bien contre eux qu'ils ne peuvent prendre sur lui le moindre avantage,
110 jusqu'au moment où le sénéchal se relève : il met toutes ses forces à l'accabler ; les autres s'acharnent à ses côtés ; ils finissent par le dominer et l'écraser.

Le lion, qui observe le combat, n'attend plus pour venir à l'aide de son maître, qui, lui semble-t-il, en a bien besoin. Il court
115 à son aide et se jette avec tant d'impétuosité[1] sur le sénéchal, qui était à pied, qu'il fait voler comme des brins de paille les mailles de son haubert[2]. Il l'agrippe et tire si fort qu'il lui disloque l'épaule et lui emporte le cartilage avec les muscles. Tout ce qu'il mord, il l'arrache : on voit les entrailles du sénéchal. C'est un
120 coup que les deux autres paient cher.

Les voici à égalité sur le terrain. La mort tient le sénéchal qui se vautre et se tord dans le flot vermeil[3] du sang chaud qui lui jaillit du corps. Le lion se lance contre les autres ; coups et menaces n'y peuvent rien : il est impossible à monseigneur Yvain
125 de le renvoyer à sa place. Il les attaque donc férocement, et les autres se plaignent de ses coups, et, à leur tour, lui infligent plaies et blessures. Quand monseigneur Yvain voit son lion blessé, une vive colère lui envahit le cœur, à juste titre. Il ne songe plus qu'à le venger. Il malmène si fort ses adversaires qu'il les réduit au
130 désespoir : ils cessent de se défendre et se rendent à sa merci, grâce à l'aide du lion qui maintenant pousse des plaintes désespérées ; il avait en effet reçu tant de blessures qu'il avait de quoi se désoler. De son côté, monseigneur Yvain n'en sortait pas indemne ; il était couvert de plaies. Mais il ne s'en afflige[4] pas
135 tant que d'entendre son lion gémir.

---

1. *Impétuosité* : voir note 4, p. 73.
2. *Haubert* : voir note 4, p. 43.
3. *Vermeil* : voir note 1, p. 35.
4. *Afflige* : voir note 2, p. 39.

Il a donc obtenu ce qu'il voulait, la demoiselle est libérée et la dame, abandonnant sa colère envers elle, lui a tout pardonné de bon cœur. Ses accusateurs furent tous brûlés dans le bûcher qui avait été allumé pour elle. Car c'est un principe de justice :
140 celui qui accuse à tort quelqu'un, doit périr de la mort même à laquelle il voulait le condamner. À présent, Lunete est tout à la joie d'être réconciliée avec sa dame. Il règne une allégresse[1] comme on n'en avait jamais vu. Tous, comme il se doit, offrirent leurs services à celui qui était leur seigneur mais qu'ils ne recon-
145 naissaient pas. Même la dame, qui avait son cœur et l'ignorait, insista beaucoup pour qu'il accepte d'attendre la guérison de son lion et la sienne. Il dit :

« Dame, le jour n'est pas venu où je pourrai me reposer de la sorte ; il faut auparavant que ma dame me pardonne et renonce
150 à son irritation et à sa colère envers moi ; alors seulement mes épreuves seront terminées.

– J'en suis vraiment peinée, dit-elle. Je ne trouve pas très courtoise[2] la dame qui vous garde rancune. Elle ne devrait pas interdire sa porte à un chevalier de votre valeur, à moins que la
155 faute ne soit trop grave.

– Dame, dit-il, j'en souffre terriblement, mais j'accepte toutes ses décisions. Ne m'en demandez pas plus, car pour rien au monde je ne consentirais à parler de ses raisons ou de ma faute, sinon à ceux qui les connaissent bien.

160 – Y a-t-il donc quelqu'un à les connaître en dehors de vous deux ?

– Oui, vraiment, dame.

– Dites-nous donc au moins votre nom, cher seigneur, et vous pourrez partir tout à fait quitte.

165 – Tout à fait quitte, dame ? Non point. Je dois plus que je ne saurais rendre. Pourtant je n'ai pas à vous cacher comment je me

---

1. *Allégresse* : voir note 3, p. 36.
2. *Courtoise* : voir note 3, p. 27.

fais appeler. Toutes les fois que vous entendrez parler du Chevalier au lion, il s'agira de moi. C'est ainsi que je veux être appelé.

– Par Dieu, cher seigneur ! comment se fait-il que nous ne vous ayons jamais vu et que nous n'ayons jamais entendu votre nom ?

– Dame, à cela vous pouvez juger que j'ai bien peu de renom. »

La dame insista à nouveau :

« Je vous prierais bien encore, si je ne craignais de vous ennuyer, de rester avec nous.

– Non, dame, je n'oserais, il me faudrait être sûr auparavant de ne pas déplaire à ma dame.

– Eh bien, partez, et que Dieu vous protège, cher seigneur ; puisse-t-il changer en joie, s'il lui plaît, votre souffrance et votre tourment[1].

– Dame, fit-il, Dieu vous entende ! »

Puis il ajouta à voix basse entre ses dents :

« Dame, vous avez entre les mains la clef ainsi que l'écrin[2] où est emprisonnée ma joie, mais vous ne le savez pas ! »

Sur ces mots, il s'éloigne, l'angoisse au cœur. Mais personne ne le reconnaît, hormis Lunete qui l'accompagne longtemps. Lunete seule l'accompagne, et il la prie encore de ne pas dévoiler qui a été son champion.

« Seigneur, dit-elle, je garderai le secret. »

Il lui fit en chemin une nouvelle prière, lui demandant de ne pas l'oublier et d'intercéder pour lui auprès de sa dame, si l'occasion s'en trouvait. La jeune fille lui intima de n'en point parler : c'était une chose qu'elle n'oublierait pas et qu'elle ne se lasserait pas de faire. Il l'en remercia mille fois en la quittant.

---

1. *Tourment* : voir note 7, p. 27.
2. *Écrin* : coffret.

Il s'en va, triste et inquiet à cause de son lion qu'il lui faut porter car il est incapable de le suivre. Dans son écu, il lui fait une litière de mousse et de fougère. La couche faite, il l'y dépose le plus doucement possible, et l'emporte tout étendu au creux de son écu. Ainsi chevauche-t-il tout en le portant. Il finit par arriver devant la porte d'une magnifique forteresse. La trouvant fermée, il appela, et le portier lui ouvrit aussitôt, sans qu'il fût besoin d'ajouter un seul mot, puis il saisit les rênes, en disant :

« Cher seigneur, entrez donc ! Je vous offre le logis de mon maître, s'il vous plaît de vous y arrêter.

– J'accepte l'offre volontiers, dit Yvain, car j'en ai grand besoin et il est temps de s'abriter. »

Sur ces mots, il passe la porte et voit tous les gens de la maison qui viennent en foule à sa rencontre. Ils le saluent, l'aident à descendre de cheval, et déposent sur le perron l'écu avec le lion ; d'autres se sont occupés du cheval et l'ont conduit à l'écurie ; d'autres encore, comme il se doit, le débarrassent de ses armes. Le seigneur apprit la nouvelle, et dès qu'il en eut connaissance, descendit dans la cour saluer le chevalier. La dame le suivit, accompagnée de tous ses enfants. Il y avait là une foule de gens. Ils se faisaient une joie de l'accueillir. Le voyant mal en point, ils l'installèrent dans une chambre tranquille, et firent preuve d'une grande délicatesse en mettant son lion avec lui. Deux jeunes filles, qui avaient de solides connaissances en chirurgie, et qui étaient les filles du seigneur de l'endroit, s'empressèrent de le soigner. Il resta là je ne sais combien de temps, jusqu'au jour où le chevalier et son lion, guéris, furent sur le point de se remettre en route.

Yvain et la querelle des deux sœurs

Mais entre-temps il arriva que le seigneur de la Noire Épine eut maille à partir avec la Mort[1]. La Mort s'acharna tellement sur lui qu'il lui fallut mourir. Après sa mort, voici ce qui arriva : il avait deux filles ; l'aînée déclara qu'elle disposerait sans réserve de toute la terre pour toute la durée de sa vie, et que sa sœur n'en aurait rien[2] ; l'autre annonça qu'elle irait, à la cour du roi Arthur, chercher un chevalier qui l'aide à soutenir son droit sur sa part. Quand l'autre vit que sa sœur ne supporterait à aucun prix de lui laisser la terre sans contester, elle en fut vivement inquiète et se dit que, si elle le pouvait, elle se rendrait à la cour avant elle. Elle fit donc ses préparatifs sans perdre de temps, se mit en route et arriva à la cour. Sa sœur la suivait, se hâtant autant qu'elle le pouvait, mais ce fut peine perdue : l'aînée avait déjà plaidé sa cause auprès de monseigneur Gauvain qui lui avait accordé tout ce qu'elle voulait. Mais ils étaient convenus ensemble que si elle révélait leur accord, il refuserait ensuite de combattre pour elle. Elle y consentit.

Quand la seconde sœur arriva à la cour, vêtue d'un court manteau de soie doublé d'une fourrure d'hermine[3] toute neuve,

---

1. *Eut maille à partir avec la Mort* : eut un différend avec la Mort (la mort est ici personnifiée).
2. *Sa sœur n'en aurait rien* : au XIIe siècle, le droit d'aînesse est la règle générale mais l'aîné doit laisser aux cadets de quoi vivre dignement.
3. *Hermine* : petit mammifère dont le pelage devient blanc en hiver.

20 il y avait trois jours que la reine, avec tous les autres prisonniers, était revenue de la captivité où Méléagant l'avait retenue. Lancelot, victime d'une trahison, était resté prisonnier dans la tour. Et ce même jour où la jeune fille parvint à la cour, on y avait appris la nouvelle de la mort du géant cruel et perfide que le Chevalier
25 au lion avait tué en combat singulier. Les neveux de Gauvain avaient salué leur oncle de sa part, et sa nièce lui avait raconté le service éminent[1] qu'au prix de ses exploits, le chevalier leur avait rendu en considération de son ami ; elle ajouta qu'il le connaissait bien, sans pourtant savoir qui il était.

30 Ces paroles furent entendues de la plus jeune sœur, qui était désespérée, plongée dans le plus grand embarras et la plus grande tristesse, car elle pensait ne pouvoir trouver ni aide ni appui à la cour, quand le plus vaillant se dérobait[2]. Elle avait en effet tenté de convaincre monseigneur Gauvain de bien des
35 façons, faisant appel à son obligeance ou usant de prières, mais il lui avait répondu :

« Amie, c'est en vain que vous m'en priez, car il m'est impossible de vous satisfaire. Je me suis engagé ailleurs et je ne peux me dédire[3]. »

40 À peine l'eut-elle quitté que la jeune fille se rendit devant le roi :

« Roi, dit-elle, je suis venue chercher assistance auprès de toi et de ta cour, sans rien obtenir. Je suis bien étonnée de ne pouvoir trouver ici aucune assistance. Mais je manquerais d'éducation si
45 je m'en allais sans prendre congé. Que ma sœur sache cependant qu'en faisant appel à mon obligeance, elle pourrait obtenir ce qu'elle voudrait de mon bien ; mais jamais, pour autant que je le puisse et pourvu que je trouve aide et soutien, je ne consentirai à lui céder de force ma part d'héritage.

---

1. *Éminent* : remarquable, important.
2. *Se dérobait* : voir note 4, p. 96.
3. *Me dédire* : voir note 1, p. 79.

– Ce sont des propositions raisonnables, dit le roi. Tandis qu'elle est ici, je lui conseille vivement, je la prie même, de vous laisser la part qui vous revient de droit. »

Mais l'autre, qui savait pouvoir compter sur le meilleur chevalier du monde, répondit :

« Sire, que Dieu m'anéantisse si je consens à partager ma terre avec elle et à lui donner château, ville ou essart[1], bois, champ ou rien d'autre ! Mais s'il est un chevalier, peu importe qui, pour oser prendre les armes en sa faveur, et qui soit prêt à soutenir sa cause, qu'il se présente immédiatement !

– Votre offre n'est pas acceptable, dit le roi, il y faut plus de délai. Si elle le souhaite, elle dispose de quarante jours[2] au moins, selon l'usage adopté par toutes les cours, pour chercher un champion. »

Et celle-ci de répondre :

« Beau sire roi, vous pouvez établir vos lois à votre gré et comme bon vous semble, il ne me revient pas, et ce ne serait pas convenable, de vouloir vous contredire. Il me faut donc accepter le délai, si elle le demande. »

La jeune fille répondit qu'elle le voulait, le désirait, le demandait. Très vite ensuite, elle a recommandé le roi à Dieu et a quitté la cour. Elle a dans l'idée de passer tout son temps à chercher en tous lieux le Chevalier au lion qui ne ménage pas sa peine[3] pour prêter assistance à celles qui ont besoin d'aide.

C'est ainsi qu'elle s'est lancée dans sa quête. Elle parcourut bien des contrées sans avoir de nouvelles du chevalier ; elle en fut si fâchée qu'elle en tomba malade. Mais sa chance fut d'arriver chez un seigneur qu'elle connaissait bien et qui l'aimait beaucoup. Il se voyait sur son visage qu'elle n'était pas en bonne

---

1. *Essart* : voir note 2, p. 32.
2. *Quarante jours* : voir note 2, p. 103.
3. *Qui ne ménage pas sa peine* : qui fait beaucoup d'efforts.

santé ; on s'efforça donc de la retenir, si bien qu'elle dévoila toute
son affaire. Une autre jeune fille se chargea de continuer le
voyage dans lequel elle s'était lancée, et poursuivit la quête à sa
place, ce qui lui permit de rester se reposer.

Cette autre jeune fille partit seule et chemina tant qu'elle
arriva à la demeure où monseigneur Yvain avait séjourné jusqu'à
ce qu'il fût guéri ; elle vit devant la porte un rassemblement de
gens, des chevaliers, des dames, des serviteurs, ainsi que le
maître de maison. Après les avoir salués, elle s'adressa à eux,
pour savoir quelles étaient les nouvelles, et se faire indiquer le
chevalier qu'elle cherchait.

« Par ma foi, jeune fille, fait le seigneur, il vient de nous quitter
à l'instant. Vous le rattraperez avant ce soir, si vous savez suivre
ses traces, mais évitez de vous attarder !

– Sire, dit-elle, Dieu m'en garde ! Mais dites-moi vite de quel
côté il est parti et je vais le suivre !

– C'est par ici, tout droit », lui dirent-ils.

Ils la prièrent aussi de le saluer de leur part, mais ils perdaient
leur temps, car elle ne s'en souciait aucunement ; elle avait déjà
lancé son cheval au galop, le trot lui semblant trop lent, bien que
son palefroi[1] trottât à vive allure.

Elle mène donc sa monture au galop, aussi bien dans les crevasses que sur les parties plates et bien unies, jusqu'à ce qu'elle aperçoive le chevalier à qui le lion fait compagnie. Toute joyeuse, elle s'écrie :

« Mon Dieu, aidez-moi ! J'aperçois mon gibier ! J'ai fort bien
su le suivre et retrouver ses traces. Mais si je chasse sans rien
rapporter, à quoi servira de l'avoir rattrapé ? À rien ou presque,
c'est évident. Si je ne le ramène pas avec moi, j'ai donc perdu
mon temps. »

---

1. *Palefroi* : voir note 2, p. 41.

Tout en se faisant ces réflexions, elle est allée si vite que son palefroi en est tout en sueur. Elle rejoint le chevalier et lui adresse un salut qu'il lui rend aussitôt :

« Dieu vous garde, belle, et éloigne de vous tout sujet d'inquiétude ou de tourment[1] !

– Vous aussi, seigneur, et je suis sûre que vous seul pourriez m'en délivrer ! »

Se plaçant alors à ses côtés :

« Seigneur, dit-elle, je vous ai beaucoup cherché. Le renom de votre gloire m'a lancée dans bien des fatigues et m'a fait traverser maintes[2] contrées. Mais, Dieu merci, je vous ai tant cherché que me voici près de vous. Les épreuves qu'il m'a fallu traverser ne me pèsent aucunement ; je ne m'en plains ni ne m'en souviens. Je me sens toute légère, toutes mes douleurs ont disparu dès le moment où je vous ai rejoint. D'ailleurs il ne s'agit pas de moi. Je suis envoyée par une demoiselle de meilleur rang que moi, de plus haute noblesse et de plus grand mérite. Mais si elle ne peut compter sur vous, alors, votre renommée l'a trahie, car personne d'autre ne peut l'aider. Ma demoiselle pense en effet que vous seul pouvez soutenir son droit contre sa sœur qui la déshérite ; elle ne veut en charger personne d'autre. Elle s'était mise elle-même à votre recherche, sûre de trouver auprès de vous remède à ses maux, et personne ne serait venu ici à sa place si elle n'avait été retenue par un mal qui la force à garder le lit. Répondez-moi donc, je vous prie, et dites-moi si vous aurez la hardiesse[3] de vous rendre à son appel ou si vous y renoncerez.

– Non point, fait-il, renoncer ne mène personne à la gloire, et telle n'est pas mon intention : ma douce amie, je vous suivrai de bon cœur où il vous plaira. Si celle au nom de qui vous me

---

1. *Tourment* : voir note 7, p. 27.
2. *Maintes* : voir note 1, p. 42.
3. *Hardiesse* : voir note 4, p. 33.

faites requête a grand besoin de moi, ne désespérez pas de me voir faire tout ce que je pourrai pour l'aider. Je prie Dieu de m'accorder la grâce de pouvoir, pour son bonheur, prouver son bon droit. »

Le château de Pire Aventure

Ils continuaient d'avancer ensemble tout en devisant, et ils arrivèrent à proximité du château de Pire Aventure. Ils n'allèrent pas plus loin, car le jour baissait. Ils s'approchèrent donc du château, et les gens qui les voyaient arriver disaient tous au chevalier :

« Malheur, seigneur, malheur à vous ! si on vous a indiqué cette halte, c'est pour vous nuire et vous couvrir de honte ; un abbé pourrait en jurer.

— Ha ! fait-il, engeance [1] insensée, engeance pleine de lâcheté, vous ne connaissez que le mal ; pourquoi vous en prenez-vous à moi ?

— Pourquoi ? Vous l'apprendrez bien si vous continuez ! Mais vous n'en saurez rien tant que vous n'aurez pas été là-haut dans cette forteresse. »

Aussitôt monseigneur Yvain s'élance vers l'entrée, suivi de son lion et de la jeune fille, tandis que le portier l'invite à entrer :

« Dépêchez-vous, dépêchez-vous, vous êtes arrivés en un lieu où vous serez bien gardés ! Malheur à vous ! »

C'est en ces mots que le portier le presse de monter. Mais l'invitation est bien outrageante [2]. Monseigneur Yvain passe

---

1. *Engeance* : espèce.
2. *Outrageante* : voir note 5, p. 36.

devant lui sans répondre et trouve une salle immense, très haute et toute neuve. Au-devant s'étendait un préau[1] clos de gros pieux, ronds et pointus. Là, entre les pieux, il vit bien trois cents jeunes filles qui s'occupaient à divers ouvrages. Elles tissaient des fils d'or et de soie, chacune faisant de son mieux. Mais une telle misère régnait que nombre d'entre elles n'avaient ni lacets ni ceinture à leurs vêtements, tant elles étaient démunies. Elles avaient des tuniques percées aux seins et aux coudes, et des chemises salies aux cols. La faim et la souffrance leur avaient fait des cous décharnés et des visages blêmes. Il les voit, elles le voient. Toutes baissent la tête et pleurent, et restent ainsi longtemps, incapables de rien faire, et sans pouvoir lever les yeux de terre, tant elles sont désespérées.

Monseigneur Yvain les observe quelques instants puis il fait demi-tour et se dirige vers la porte. Mais le portier surgit devant lui en criant :

« Impossible ! Vous ne sortirez pas à présent, beau maître ! Vous voudriez bien être dehors maintenant, mais, sur ma tête, ça ne sert à rien ! Avant de repartir vous n'échapperez pas au pire des déshonneurs que vous puissiez subir. Vous avez été malavisé de venir ici, car il n'est pas question d'en sortir.

— Telle n'est pas mon intention, mon ami, dit-il. Mais, sur l'âme de ton père, dis-moi, les demoiselles que j'ai vues dans ce préau à tisser des étoffes de soie brodées d'or, d'où viennent-elles ? Le travail qu'elles font me plaît beaucoup ; mais je n'ai aucun plaisir à les voir si maigres, si pâles et si tristes de corps et de visage. Elles auraient, je crois, beaucoup de beauté et de distinction, si elles avaient tout ce qu'elles peuvent désirer.

— Ce n'est pas moi qui vais vous répondre, fait-il ; cherchez ailleurs quelqu'un pour vous le dire.

— Je n'y manquerai pas, puisque je ne peux faire autrement. »

---

1. Préau : petit pré.

Il chercha alors, et trouva la porte du préau où travaillaient les demoiselles. Il s'approcha d'elles et les salua toutes ensemble ; il voyait les larmes tomber goutte à goutte de leurs yeux tandis qu'elles pleuraient.

« Je prie Dieu, leur dit-il, de bien vouloir vous ôter du cœur cette affliction[1], dont j'ignore les raisons, et de la changer en joie. »

L'une d'entre elles lui répondit :

« Que Dieu exauce votre prière ! Nous ne chercherons pas à vous cacher qui nous sommes et de quel pays nous venons : c'est sans doute ce que vous voulez apprendre.

– Je ne suis pas venu pour autre chose, fit-il.

– Seigneur, il advint, il y a bien longtemps, que le roi de l'Île-aux-Pucelles allait de cour en cour et de pays en pays pour s'informer des nouveautés. Il fit tant qu'il se jeta comme un innocent dans ce piège. Quel malheur qu'il soit venu ici ! Car nous en supportons, nous les captives qui sommes ici, la honte et les maux, et nous ne l'avons aucunement mérité. Vous-même, sachez bien que vous pouvez vous attendre aux pires humiliations, si l'on ne consent pas à accepter de rançon. Toujours est-il qu'il advint que mon seigneur vint dans ce château où résident deux fils du diable ; ne croyez pas à une affabulation : ils sont nés d'une femme et d'un nétun[2]. Le roi allait devoir combattre ces deux démons ; il en fut éperdu de douleur, car il n'avait pas dix-huit ans, et ils allaient le pourfendre[3] comme un tendre agnelet. Le roi, au comble de la frayeur, se sortit d'affaire du mieux qu'il put ; il jura qu'il enverrait ici chaque année, aussi longtemps qu'il

---

1. *Affliction* : voir note 2, p. 47.
2. *D'un nétun* : d'un diable. Le mot « nétun » dérive soit de « Neptune », nom latin du dieu de la mer (d'où vient aussi le mot « lutin »), considéré comme un démon par les chrétiens ; soit du nom du dieu celtique des pêcheurs, Nudd-Nodons, qui avait deux fils.
3. *Pourfendre* : tuer.

Le livre au Moyen Âge

Au Moyen Âge, le livre est un objet d'art extrêmement précieux, sa confection nécessite l'intervention de copistes, d'enlumineurs, de miniaturistes et de relieurs, ainsi que l'utilisation de matériaux coûteux, comme le parchemin, soigneusement fabriqué à partir de peaux de moutons (parfois plusieurs centaines !).

▶ Rufillus, copiste et enlumineur, se représente au travail, manuscrit de la fin du XIIe siècle. Le *copiste* calligraphie le texte à l'aide d'un *calame* (roseau taillé) ou d'une plume. Ici, il est aussi l'enlumineur du texte, celui qui l'embellit et en rend visibles les articulations, en décorant les lettrines et les marges. Il a inscrit son nom, Rufillus, au-dessus de l'initiale *historiée* (c'est-à-dire ornée d'un dessin représentant une scène ou un personnage). On appelle *miniaturiste* celui qui compose de petits tableaux qui résument l'histoire.

▶ Première page du manuscrit d'*Yvain ou le Chevalier au lion*, v. 1325. La lettre historiée présente le personnage principal chevauchant son destrier. La lettrine permet de se repérer dans le texte ; elle met ici en relief une articulation du récit (« Mais »). Les scènes en marge n'illustrent pas nécessairement l'histoire, mais ont un caractère décoratif.

Les miniatures

Le livre est orné de miniatures à des emplacements qui ont été « réservés », c'est-à-dire laissés vierges par le copiste : une double page, une page entière ou une demi-page. L'enlumineur doit s'adapter à cette contrainte mais reste libre d'illustrer, dans l'espace dont il dispose, une seule scène ou de partager cet espace en plusieurs vignettes afin de raconter une séquence d'événements. Le mot « miniature » vient du latin *minium* qui désigne l'un des deux pigments rouges utilisés pour mettre en valeur certaines parties du texte.

▶ Miniature tirée d'un manuscrit d'*Yvain*, v. 1325. Le chevalier Calogrenant verse de l'eau sur le perron de la fontaine merveilleuse et déclenche une tempête ; il se retourne pour affronter le gardien du château.

Questions

Relisez les pages 35-38 (l. 222-294) du roman.
1. Quels sont les lieux représentés dans la miniature de cette page ?
2. Quelles sont les péripéties illustrées ? Quels détails du récit le peintre a-t-il conservés ? Observez notamment l'arrière-plan de la miniature.
3. Pourquoi le personnage central est-il dédoublé ?

▲ Miniature tirée d'un manuscrit d'*Yvain*, v. 1325.
Comme dans une bande dessinée, quatre vignettes s'enchaînent ici pour évoquer quatre scènes successives :
1. Yvain et la demoiselle de la Noire Épine arrivent au château de Pire Aventure.
2. Ils y découvrent trois cents prisonnières réduites en esclavage.
3. Le lion d'Yvain s'échappe de sa prison pour aider son maître à vaincre les fils du nétun.
4. Yvain et Gauvain s'affrontent incognito pour les demoiselles de la Noire Épine ; ils se reconnaissent et s'embrassent devant le roi Arthur (cette dernière vignette juxtapose en un seul tableau différents moments du récit).

Le bestiaire d'*Yvain* : serpent et lion

L'homme du Moyen Âge s'efforce toujours d'identifier le sens caché de ce qui est apparent. Les bestiaires, ou « livres de bêtes », décrivent ainsi les animaux non pas tant pour les étudier de manière savante que pour détailler leurs attributs, leurs pouvoirs et leurs senefiances, c'est-à-dire leurs significations.

► Page manuscrite du *Monde des serpents*, bestiaire latin, XIIIe siècle.

Dans les bestiaires médiévaux, le dragon est le plus grand des serpents. Il peut marcher, ramper, nager et voler, appartenant ainsi aux trois mondes : terrestre, céleste et souterrain. Terrifiant, bruyant, visqueux, nauséabond, il est capable de blesser tous les sens de l'homme (la vue, l'ouïe, le toucher, l'odorat). Cet animal démoniaque sécrète de plus un poison mortel. Le vaincre est un exploit que seuls les plus vaillants peuvent accomplir, comme saint Michel (que la Bible présente comme le prince des anges) ou saint Georges (officier romain converti au christianisme qui aurait délivré une ville d'un féroce dragon).

◄ Yvain combattant un dragon, miniature du *Roman de Lancelot*, XVe siècle.

Le lion peut s'enorgueillir du titre de roi des animaux qui lui est fréquemment donné dans les bestiaires médiévaux. Tous soulignent son courage, sa générosité et son sens de la justice – vertus qui sont le propre des rois. Il figure aussi sur près d'un cinquième des armoiries et son image sculptée ou peinte envahit les églises. Dans *Le Roman de Renart*, dont les plus anciennes versions sont contemporaines d'*Yvain*, le roi Noble a définitivement remplacé l'ours sur le trône des animaux. Dans le récit de Chrétien de Troyes, il symbolise le choix que fait Yvain de ne jamais trahir l'idéal chevaleresque.

◀ Lion sculpté, chapiteau de l'église Saint-Révérien (en Bourgogne), milieu du XIIe siècle.

◀ Miniature du *Roman de Renart*, manuscrit enluminé du XIIIe siècle.

Images de la folie*

L'épisode de folie d'Yvain constitue sans doute l'aventure la plus dangereuse affrontée par le héros : lorsque Laudine l'accuse de trahison, le preux chevalier, fou d'amour et de désespoir, arrache ses vêtements et sombre dans la démence à mesure qu'il s'enfonce dans la forêt de Brocéliande (voir p. 81-90). Si la folie sous toutes ses formes est souvent une épreuve pour les héros littéraires (voir « La folie du héros », p. 176-182), elle est aussi source d'inspiration pour les peintres et les dessinateurs.

▲ Gustave Courbet, *Le Désespéré* (1843-1845), Paris, musée d'Orsay.
Dans cet autoportrait, Gustave Courbet (1819-1877) représente son visage de manière hallucinée, comme s'il était saisi d'un accès de folie. Le cou tendu, la bouche entrouverte, les yeux écarquillés et fixes, les mains crispées dans ses cheveux – prêtes à les arracher – sont autant de signes d'un trouble intérieur intense.

* Voir Dossier, p. 183.

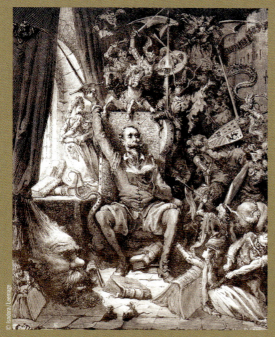

◀ « Son imagination se remplit de tout ce qu'il avait lu » (frontispice pour *Don Quichotte* de Cervantès, t. 1, première partie), Hachette, 1863. Gustave Doré (1832-1883) est un artiste qui a illustré des grandes œuvres de la littérature (*Pantagruel* et *Gargantua* de Rabelais, les *Contes* de Charles Perrault, *Les Travailleurs de la mer* de Victor Hugo...). Ici, il représente Don Quichotte lisant un roman de chevalerie. La gravure rend visible l'imagination débordante et insensée du personnage qui, passionné par ses lectures, semble avoir oublié la réalité.

▶ Heath Ledger incarne le Joker dans *The Dark Knight* (*Le Chevalier noir*), de Christopher Nolan (2008). Créé en 1939, Batman est l'un des héros de bande dessinée puis de cinéma les plus célèbres. Il fallait à ce justicier un adversaire à sa taille : c'est ainsi que naît l'année suivante le personnage du Joker, maquillé à la manière d'un clown, vêtu de couleurs vives et ayant toujours le mot pour rire. Et pourtant... Arborant un sourire diabolique et semant le chaos sur son passage, le Joker représente la part de folie qui sommeille en chacun de nous, faisant de lui un ennemi redoutable pour Batman.

Les chevaliers au cinéma

Dès les débuts du cinéma, le Moyen Âge a représenté une source d'inspiration très riche où les scénaristes sont allés puiser aventures, quêtes, histoires d'amour, ainsi que toute une galerie de personnages incarnant l'idéal chevaleresque.

▶ *Les Chevaliers de la Table Ronde*, par Richard Thorpe (1953), avec Robert Taylor (Lancelot), Ava Gardner (la reine Guenièvre) et Mel Ferrer (le roi Arthur).

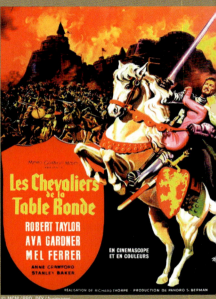

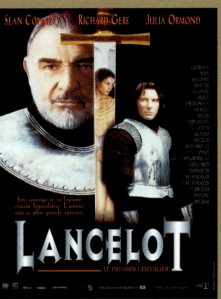

◀ *Lancelot, le premier chevalier*, par Jerry Zucker (1995), avec Richard Gere (Lancelot), Julia Ormond (la reine Guenièvre) et Sean Connery (le roi Arthur).

Questions

Comparez les deux affiches.
1. Quels éléments évoquent l'univers médiéval ? Quel objet est particulièrement mis en valeur ?
2. Quelles sont les couleurs dominantes ? Qu'évoquent-elles ?
3. Comparez le cadrage et la composition générale de chaque affiche : que peut-on en déduire sur l'interprétation du « roman de chevalerie » par ces réalisateurs ?
4. En vous inspirant de l'une de ces affiches, racontez le scénario de *Lancelot* tel que vous l'imaginez.

serait convenu, trente jeunes filles de son royaume et il fut quitte au moyen de ce tribut[1]. Lorsque furent échangés les serments[2], il fut indiqué que le tribut serait dû tant que les deux démons seraient en vie, mais que le jour où ils seraient vaincus en combat, le roi serait quitte de cette redevance, et nous serions libérées, nous qui avons été livrées pour vivre dans la honte, la douleur et la souffrance. Jamais nous n'aurons le moindre plaisir.

« J'ai été bien naïve de parler de libération, car jamais nous ne sortirons d'ici. Toujours nous tisserons la soie et n'en serons pas mieux vêtues ; toujours nous serons pauvres et nues, et toujours nous aurons faim et soif[3]. Nous pouvons nous épuiser au travail, nous n'en mangerons pas mieux. Le pain nous est rationné, nous en avons peu le matin et moins le soir.

« Nous sommes abreuvées d'humiliations et de maux, je ne saurais en rapporter le quart. Mais ce qui nous rend folles de désespoir, c'est que nous voyons souvent des chevaliers fastueux et vaillants mourir au cours de leur combat contre les deux démons. Ils paient cher l'hospitalité qu'on leur a offerte ; il en ira de même pour vous demain, car, bon gré mal gré, vous devrez engager seul le combat contre ces deux authentiques démons et y perdre jusqu'à votre nom.

— Je prie Dieu, le pur esprit, de m'accorder sa protection, fait monseigneur Yvain, et de vous rendre, s'il y consent, honneur et joie. Maintenant, je dois aller voir comment les gens qui sont là-haut vont m'accueillir.

---

1. ***Tribut*** : contribution payée à un seigneur.
2. ***Serments*** : voir note 1, p. 39.
3. ***Toujours nous tisserons la soie [...] nous aurons faim et soif*** : les captives rappellent le tribut d'adolescents que, dans la légende de Tristan, le roi Marc de Cornouailles devait payer au Morholt, géant au service du roi d'Irlande. Mais l'auteur a pu également s'inspirer des ouvrières travaillant pour un salaire de misère dans l'industrie de la soie, en plein développement dans les ateliers de Champagne et du nord de la France.

– Allez, seigneur, en la sainte garde de celui qui donne et qui dispense tous biens[1] ! »

Monseigneur Yvain pénètre dans le verger, escorté de son lion et de la jeune fille. Il voit un seigneur allongé sur un drap de soie ; il était appuyé sur son coude et, devant lui, une jeune fille lisait un roman dont j'ignore le sujet. Pour écouter la lecture, une dame était venue s'accouder près d'eux ; c'était la mère de la jeune fille, et le seigneur était son père. Ils avaient tout lieu de se réjouir à la voir et à l'entendre, car elle était leur seule enfant. Elle n'avait pas dix-sept ans et était si belle et si gracieuse que le Dieu d'Amour, s'il l'avait vue, se serait fait une fête de la servir, et n'aurait pas permis qu'elle en aime un autre que lui. Pour se mettre à son service, il aurait pris forme humaine et aurait abandonné sa nature divine ; de sa propre main, il se serait fiché[2] dans le corps la flèche dont la plaie ne guérit pas. L'amant qui en guérit n'est pas un amant loyal.

Mais écoutez maintenant comment monseigneur Yvain fut reçu, quel accueil on lui fait, quel visage ! À son arrivée, tous ceux qui étaient dans le verger se levèrent dès qu'ils l'eurent vu, en disant :

« Or ça, cher seigneur, bénédiction sur vous au nom de tout ce que Dieu peut faire et dire, sur vous et tous ceux qui vous sont chers ! »

J'ignore s'ils veulent le tromper, mais ils le reçoivent avec de grandes démonstrations de joie et laissent voir qu'ils ont plaisir à lui réserver un accueil somptueux. C'est la fille du seigneur en personne qui le sert et s'empresse à l'honorer comme on doit le faire pour un hôte de marque[3]. Elle le débarrasse de ses armes,

---

1. *Celui qui donne [...] biens* : il s'agit de Dieu.
2. *Fiché* : planté.
3. *De marque* : de qualité, important.

mais ce n'est pas tout, car, de ses propres mains, elle lui lave le cou et le visage. Le seigneur veut qu'on lui prodigue[1] les plus grandes marques d'honneur, et c'est ce qu'elle fait. De son coffre elle tire une chemise plissée et de blanches braies[2], du fil et une aiguille pour les manches[3] ; elle l'en revêt et lui coud les manches. Fasse Dieu qu'il ne paie pas trop cher ces attentions flatteuses ! Pour passer sur sa chemise, elle lui donne un beau surcot[4] et lui jette sur les épaules un manteau de soie fourré, sans découpures. Elle met tant d'empressement à le servir qu'il en a honte et en est gêné. Mais la jeune fille est si courtoise[5], si généreuse et si bienveillante qu'elle pense en faire encore trop peu. Elle sait bien que sa mère est heureuse de la voir faire à sa place tout ce qui peut flatter leur hôte.

Le soir, au repas, on lui servit tant de plats qu'il y en eut trop : ceux qui firent le service avaient de quoi en être las. Après quoi, on lui prodigua les plus hautes marques d'honneur et on lui prépara un lit confortable. Quand il fut couché, personne ne vint le déranger ; son lion s'étendit à ses pieds comme à l'accoutumée. Au matin, quand Dieu eut répandu sa lumière sur le monde, au plus tôt qu'il put dans sa sagesse qui ne laisse rien au hasard, monseigneur Yvain se leva rapidement, ainsi que la jeune fille qui l'accompagnait. Ils entendirent, dans une chapelle, une messe qui fut célébrée très tôt pour eux, en l'honneur du Saint-Esprit.

Après la messe, monseigneur Yvain apprit une bien mauvaise nouvelle, au moment où il pensait s'en aller sans autre difficulté. En fait, on ne lui laissa pas le choix. Quand il dit :

---

1. *Prodigue* : voir note 4, p. 42.
2. *Braies* : chausses (ancêtre du pantalon).
3. *Du fil et une aiguille pour les manches* : les manches longues cousues sont un raffinement de plus.
4. *Surcot* : sorte de veste.
5. *Courtoise* : voir note 3, p. 27.

« Sire, avec votre permission, si vous le voulez bien, je m'en vais.

— Ami, ce n'est pas encore le moment, lui dit le maître des lieux. Je ne peux pas vous laisser partir car dans ce château est établie une coutume diabolique, terrible, que je dois maintenir. Je vais faire venir ici deux serviteurs que j'ai, très grands et très forts. Que ce soit juste ou non, il vous faudra prendre vos armes pour les affronter tous les deux. Si vous pouvez leur résister et les vaincre ou les mettre à mort tous les deux, ma fille ne demande qu'à vous épouser ; le fief de ce château avec tout ce qui en dépend vous attend.

— Seigneur, dit Yvain, je ne veux point de votre fille. Je ne souhaite pas que Dieu me la donne de cette façon ; gardez-la, elle ferait grand honneur à l'empereur d'Allemagne s'il l'épousait, tant elle est belle et bien éduquée !

— Ne dites rien de plus, cher hôte, dit le seigneur ; je vous entends refuser bien inutilement ; vous ne pouvez y échapper. Le chevalier qui pourra les vaincre tous les deux quand ils viendront l'attaquer, doit avoir mon château, ma fille pour épouse et toute ma terre. Il est absolument impossible que le combat soit annulé ou n'ait pas lieu. Mais je vois bien que c'est par couardise[1] que vous refusez ma fille ; vous pensez ainsi éviter la bataille. Mais, sachez-le, il vous faut combattre. Rien ne permet à un chevalier qui a couché ici de s'esquiver. C'est une coutume bien établie et qui durera longtemps ; ma fille ne sera mariée que lorsque je les verrai morts ou vaincus.

— Il faut donc que je me batte, mais c'est malgré moi ; je m'en serais bien passé, et de grand cœur, je vous le dis. Puisqu'il ne peut être évité, je vais donc livrer ce combat, mais j'en suis bien fâché. »

---

1. *Couardise* : voir note 1, p. 63.

Alors surgissent, hideux et noirs, les deux fils du nétun ; chacun d'eux tient un bâton de cornouiller[1] cornu, renforcé de plaques de cuivre et cerclé de fils de laiton. Une armure les protégeait des épaules aux genoux, mais ils avaient la tête et le visage à découvert, et les jambes nues (elles étaient énormes). C'est dans cette tenue[2] qu'ils arrivèrent, tenant au-dessus de leurs têtes un écu[3] rond, solide et léger, bien adapté au corps à corps.

Dès qu'il les aperçoit, le lion commence à frémir, car à voir les armes qu'ils brandissent, il comprend fort bien qu'ils viennent attaquer son maître. Son poil se hérisse, sa crinière se dresse, le désir de combattre et la fureur le font trembler ; il bat la terre de sa queue et s'apprête à secourir son maître, avant que ces démons ne le tuent. Mais quand ceux-ci l'aperçoivent :

« Vassal[4], disent-ils, éloignez d'ici votre lion qui nous menace ! À moins de vous avouer vaincu ; sinon, je vous l'affirme, il faut le mettre dans un endroit où il n'aura pas la possibilité d'intervenir pour vous aider et nous nuire. Vous devez venir seul vous divertir avec nous ! On voit bien que votre lion vous viendrait volontiers en aide, s'il en avait la possibilité.

– Puisque c'est vous qui en avez peur, fait monseigneur Yvain, éloignez-le vous-même ! Car il ne me déplaît pas du tout de le voir, s'il peut, vous mettre à mal, et je serai bien content qu'il vienne m'aider.

– Par foi, font-ils, il n'en est pas question. Il ne doit pas vous aider. Combattez du mieux que vous pourrez, tout seul, et sans l'aide de personne ! Vous devez être seul et nous, deux. Si le lion était avec vous, et venait à nous attaquer, vous ne seriez plus

---

1. *Cornouiller* : petit arbre.
2. *Cette tenue* : la tenue des démons est celle des vilains en combat judiciaire, qui devaient lutter à pied, « avec l'écu, le bâton et le vêtement de cuir ». Le « bâton cornu » rappelle leur caractère diabolique.
3. *Écu* : voir note 3, p. 37.
4. *Vassal* : voir note 4, p. 36.

seul, et vous seriez deux pour nous combattre tous les deux. Il est indispensable que vous éloigniez votre lion d'ici immédiatement, même si vous en êtes fâché.

— Où voulez-vous qu'il soit ? dit-il. Où voulez-vous que je le mette ? »

Ils lui indiquent alors une petite chambre en lui disant :
« Enfermez-le là-dedans !

— J'y consens, puisque vous y tenez. »

Il emmène alors son lion qu'il enferme dans la chambre ; aussitôt on va lui chercher son armure pour qu'il s'en revête ; on lui sort son cheval, on le lui donne, il y monte. Bien décidés à le mettre à mal et à l'humilier, les deux champions se lancent contre lui, maintenant qu'ils n'ont plus à redouter le lion enfermé dans la chambre. Ils le frappent à grands coups de leurs masses, si bien que l'écu et le heaume[1] ne le protègent guère. Car toutes les fois qu'ils l'atteignent sur le heaume, ils l'écrasent et le disloquent, et ils mettent en pièces l'écu qui fond comme glace ; on pourrait passer les poings dans les trous qu'ils y font. Ils sont l'un et l'autre redoutables. Mais Yvain, que fait-il de ses deux adversaires ? Animé par la honte et la crainte, il se défend de toutes ses forces ; il déploie toute son énergie à donner des coups d'une extrême violence. Ils peuvent compter sur ses cadeaux, car il leur rend au double leurs bontés.

Mais la douleur et la colère emplissent le cœur du lion, qui est dans la chambre. Il se souvient du grand service dont il est redevable à la générosité de son maître ; à présent, c'est lui qui aurait grand besoin de son appui et de son aide. Il lui rendrait ce bienfait sans compter et à pleines mesures, s'il pouvait sortir de là. Du regard il fouille les lieux en tous sens, sans découvrir d'issue. Il entend les coups qui s'échangent dans ce combat périlleux et déloyal. Il en éprouve une telle douleur qu'une colère

---

1. *Heaume* : voir note 1, p. 44.

folle l'envahit et le fait enrager vif. À force de fouiller, il avise le seuil que la pourriture gagnait près du sol. Il fait tant de ses griffes qu'il peut s'y glisser et y passer le corps jusqu'aux reins. L'épuisement gagnait monseigneur Yvain qui suait abondamment ; il avait affaire à des bandits vigoureux, perfides et aguerris. Il pleuvait des coups terribles qu'il rendait de son mieux, sans réussir à les blesser ; car ils s'entendaient parfaitement à[1] l'escrime, et leurs écus étaient impossibles à entamer pour des épées, si tranchantes et acérées qu'elles fussent. Monseigneur Yvain avait donc fort à craindre d'y laisser la vie. Mais il tint bon, jusqu'au moment où le lion, à force de gratter sous le seuil, réussit à passer.

Si à présent les traîtres ne sont pas vaincus, ils ne le seront jamais ; car ils n'auront ni trêves[2] ni paix avec le lion tant qu'il les saura en vie. Il en saisit un et le renverse à terre comme bois sec. Voilà les scélérats[3] épouvantés, mais il n'y a personne dans l'assistance qui ne s'en réjouisse au fond de son cœur. Celui que le lion a jeté à terre ne se relèvera pas si l'autre ne vient à son secours. Il accourt en effet vers lui à la fois pour l'aider et pour se protéger lui-même. Car c'est à lui que le lion s'en prendrait dès qu'il aurait tué le démon qu'il avait mis à terre, et il craignait encore plus le lion que son maître. Maintenant que son adversaire lui a tourné le dos et lui présente son cou nu à découvert, monseigneur Yvain est devenu fou s'il le laisse vivre encore longtemps ; la chance est trop belle. Il lui donne un tel coup qu'il lui tranche la tête au ras des épaules, si délicatement que l'autre n'en sait mot. Il met aussitôt pied à terre pour sauver le second champion et l'arracher aux griffes du lion. Mais c'est inutile ; il est en proie à de si terribles douleurs qu'il est trop tard pour

---

1. *Ils s'entendaient parfaitement à* : ils s'y connaissaient parfaitement en.
2. *Trêves* : voir note 2, p. 37.
3. *Scélérats* : bandits, personnes malintentionnées.

appeler un médecin ; la blessure que lui fit le lion furieux en bondissant l'a trop gravement atteint. Cependant Yvain écarte le lion et voit que toute l'épaule avait été arrachée et qu'elle ne tenait plus au tronc. Il n'a plus rien à craindre de lui, car son bâton est à terre et il gît à côté comme mort, sans mouvement.

Mais il reste qu'il peut encore parler ; il dit comme il peut :

« Éloignez votre lion, cher seigneur, si vous consentez qu'il ne s'en prenne pas davantage à moi. Car désormais vous pouvez faire de moi tout ce qu'il vous plaira. Qui demande et implore grâce, doit l'obtenir par sa prière même, s'il n'a pas affaire à un homme sans pitié. Je cesse de me défendre et je ne me lèverai pas d'ici avant que vous ne me fassiez grâce. Je me remets entièrement en votre pouvoir.

– Alors, dit Yvain, annonce que tu t'avoues vaincu et que tu abandonnes le combat.

– Seigneur, fait l'autre, c'est l'évidence ; je suis vaincu malgré moi, et je renonce au combat, je le reconnais.

– Tu n'as donc plus à te défendre de moi, et mon lion te donne les mêmes assurances. »

Aussitôt la foule accourt et entoure Yvain ; le seigneur et sa femme font de même, et lui font fête.

Puis monseigneur Yvain s'éloigne, sans s'attarder davantage dans le château ; devant lui, marchent les captives libérées que le seigneur lui a remises, pauvres et mal habillées. Mais à présent elles sont riches, leur semble-t-il. Toutes ensemble, deux par deux, elles le précèdent[1] pour quitter le château. Si le créateur du monde descendait sur la terre, elles ne le fêteraient pas avec autant de joie qu'Yvain. Tous les gens qui lui avaient lancé toutes les insolences possibles viennent lui demander grâce et pardon et l'escortent de leurs excuses. Il leur dit qu'il n'en sait plus rien.

---

1. *Elles le précèdent* : elles marchent devant lui.

« Je ne sais pas de quoi vous parlez, fait-il, et je vous en déclare entièrement quittes. Vous n'avez jamais prononcé de paroles outrageantes à mon égard et je ne me souviens de rien. »
Ces paroles les emplissent de joie et ils font l'éloge de sa courtoisie ; après l'avoir escorté longtemps, ils le recommandent à Dieu. Les demoiselles, à leur tour, lui demandent congé, et s'en vont. Au moment de partir, elles s'inclinent toutes devant lui, et formulent souhaits et prières pour que Dieu lui donne joie et santé et lui accorde d'arriver selon ses vœux où qu'il aille. Il leur répond en les confiant à la sauvegarde de Dieu, car il lui est désagréable de s'attarder :
« Allez, fait-il. Que Dieu vous ramène dans vos pays, et vous accorde bonheur et santé ! »
Elles se mettent toutes en route sur-le-champ et s'éloignent avec de grandes manifestations de joie.

Yvain combat Gauvain

Monseigneur Yvain, sur-le-champ, se dirige de l'autre côté. La semaine entière, il ne cesse de voyager en toute hâte, selon les indications de la jeune fille qui connaissait bien le chemin pour retourner à l'habitation où elle avait laissé la cadette déshéritée en proie au désespoir et à la maladie. Celle-ci, à l'annonce du retour de la messagère et du Chevalier au lion, sentit une joie sans égale envahir son cœur, car, à présent, elle est persuadée que sa sœur lui laissera, de bonne grâce, une part de son héritage. La jeune fille avait été longtemps alitée à cause de sa maladie et venait de se relever de son mal qui l'avait beaucoup affaiblie, comme on le voyait à sa mine. La première, elle se précipite à leur rencontre, les salue et les traite avec infiniment d'égards[1]. Il est inutile de parler de la joie qui régna ce soir-là dans la demeure. Je vous fais grâce de tout ce qui précéda leur départ le lendemain, quand ils montèrent à cheval.

Ils cheminèrent tant qu'ils aperçurent le château où le roi Arthur séjournait depuis une quinzaine ou plus ; la demoiselle qui voulait déshériter sa sœur s'y trouvait, car elle s'était attachée à suivre la cour ; elle attendait la venue de sa sœur, mais elle n'en est guère inquiète ; elle n'imagine pas en effet que celle-ci puisse trouver un chevalier capable de résister à monseigneur Gauvain en combat singulier. De plus, il ne restait plus qu'un jour sur les quarante fixés.

---

1. *Égards* : voir note 1, p. 38.

Les voyageurs dormirent, ce soir-là, en dehors du château dans une petite maison basse, où ils ne furent reconnus de personne ; car, s'ils avaient dormi dans le château, tout le monde les aurait reconnus, et ils souhaitaient l'éviter. Le lendemain, avec beaucoup de précautions, ils sortent à la pointe de l'aube ; ils se cachent et se dissimulent jusqu'à ce qu'il fasse grand jour.

Il y avait plusieurs jours, je ne sais combien, que monseigneur Gauvain s'était absenté, si bien que personne à la cour n'avait de ses nouvelles, en dehors de la jeune fille pour qui il devait combattre. Il s'était retiré à près de trois ou quatre lieues[1] de la cour, et il se présenta dans un tel équipage que ceux qui le connaissaient depuis toujours ne purent le reconnaître aux armes qu'il apporta. La demoiselle, qui a trop évidemment tort envers sa sœur, le présenta publiquement à la cour, annonçant que, par ce champion, elle soutiendrait sa cause (où le droit n'est pas de son côté). Elle dit au roi :

« Sire, l'heure avance. Dans peu de temps, nous serons à la fin de l'après-midi, et c'est aujourd'hui le dernier jour du délai. Constatez que je suis prête à soutenir mon droit. Si ma sœur devait revenir, elle n'a guère de temps à perdre. J'en rends grâce à Dieu, elle n'est toujours pas revenue. Il est évident qu'elle ne peut faire mieux, elle a perdu sa peine ; tandis que j'ai été prête tous les jours jusqu'au dernier à revendiquer ce qui m'appartient. J'ai gagné ma cause sans combat, aussi est-il juste que je m'en aille jouir en paix de mon héritage, sans avoir de comptes à rendre à ma sœur aussi longtemps que je vivrai ; elle, elle mènera une vie de malheureuse et de misérable. »

Le roi, qui savait bien que la jeune fille commettait une terrible injustice envers sa sœur, lui dit :

« En cour royale, on doit, par ma foi, patienter aussi longtemps que le tribunal du roi siège et attend avant de juger. Il n'y

---

1. *Lieues* : voir note 1, p. 77.

55 a pas lieu de plier bagage ; car votre sœur peut encore arriver à temps, comme je le crois. »

Le roi n'avait pas terminé sa phrase qu'il aperçut le Chevalier au lion avec la jeune fille à son côté. Ils arrivaient seuls tous les deux, car ils étaient partis à l'insu du lion qui était resté à 60 l'endroit où ils avaient dormi. Le roi aperçut la jeune fille et la reconnut. Il fut heureux de la voir, car il avait pris son parti dans ce débat, tant il était soucieux de justice. Tout joyeux, il lui dit sans attendre :

« Avancez, belle, Dieu vous protège ! »

65 Quand l'aînée entendit ces mots, elle sursauta ; elle se retourna et vit sa sœur ainsi que le chevalier qu'elle avait amené pour gagner sa cause. Son teint devint plus noir que terre. La cadette fut accueillie aimablement par tout le monde, et elle se dirigea vers l'endroit où siégeait le roi. Une fois devant lui, elle 70 lui dit :

« Dieu protège le roi et sa maison ! Roi, si ma cause et mon bon droit peuvent être soutenus par un chevalier, ce sera par celui-ci, à qui j'exprime ma reconnaissance, et qui est venu jusqu'ici avec moi. Ce généreux chevalier de bonne naissance 75 aurait pourtant fort à faire ailleurs, mais il a eu tellement pitié de moi, qu'il a laissé tomber toutes ses affaires pour s'occuper de la mienne. À présent, ma dame, ma très chère sœur, que j'aime comme moi-même, se montrerait courtoise[1] et bienveillante, si elle m'accordait la part qui me revient et ramenait ainsi la paix 80 entre nous. Car je ne demande rien de ce qui est à elle.

– Moi non plus, fit-elle, je ne demande rien de ce qui est à toi, car tu n'as rien et tu n'auras jamais rien. Tu as beau prêcher[2], tu n'obtiendras rien avec tes sermons. Il te restera à en sécher de chagrin. »

---

1. *Courtoise* : voir note 3, p. 27.
2. *Prêcher* : prononcer un sermon.

Aussitôt l'autre, qui savait se montrer fort civile et ne manquait ni de sagesse, ni de courtoisie, répondit :

« Vraiment, je suis très peinée de voir à cause de nous deux se combattre deux chevaliers aussi excellents ; le désaccord n'est pourtant pas grand. Mais je ne puis renoncer, car ce serait pour moi une trop grande perte. Aussi vous serais-je extrêmement reconnaissante de me rendre ce qui me revient de droit.

– Vraiment, dit l'autre, il faudrait être fou pour perdre son temps à te répondre. Je veux bien être livrée aux feux et aux flammes de l'enfer si je te donne de quoi t'assurer une vie plus aisée. On verra auparavant les rives de la Seine se rejoindre et l'aube poindre en plein après-midi, à moins que la bataille ne décide en ta faveur.

– Que Dieu et mon droit, en qui je me fie et me suis toujours fiée jusqu'ici, viennent assister le chevalier qui a eu la bonté et la générosité de s'offrir pour me servir. Il ne sait pourtant rien de moi, et nous ne nous connaissons ni l'un ni l'autre. »

Cet échange de répliques clôt leur discussion ; elles font entrer les chevaliers dans la lice[1], et tout le peuple accourt, comme toujours en pareil cas accourent les gens qui prennent plaisir à regarder les joutes[2] et les passes d'armes.

Mais les chevaliers qui s'apprêtent à se battre ne se reconnaissent pas, eux qui se témoignaient mutuellement une si profonde amitié. Alors ne s'aiment-ils plus ? Je vous réponds « oui et non », et je vous prouverai l'un et l'autre avec de bonnes raisons. Il est vrai que monseigneur Gauvain aime Yvain et il l'appelle son compagnon ; il en va de même pour Yvain, en toutes circonstances. Même en ce moment, s'il le reconnaissait, il lui ferait fête

---

1. *Lice* : espace entouré de palissades où se déroulaient les tournois au Moyen Âge.
2. *Joutes* : voir note 5, p. 73.

et il exposerait sa propre vie pour lui, et l'autre en ferait autant, avant de permettre qu'on s'en prenne à son compagnon. N'est-ce pas là l'amour pur et sans faille ? Oui, certainement. Mais la haine n'est-elle pas tout aussi évidente ? Oui, car il ne fait pas de doute que chacun voudrait avoir brisé la tête de l'autre ou l'avoir si malmené qu'il en soit déshonoré. Par ma foi, c'est une vraie merveille que de voir si étroitement unis Amour et Haine mortelle...

Puisqu'ils ne se reconnaissent pas, ils prennent du champ[1]. Au premier choc, ils brisent les fortes lances[2] de frêne qu'ils ont en main. Ils ne se disent pas un mot ; car s'ils s'étaient parlé, ce n'est pas ainsi qu'ils se seraient accueillis. Ce ne sont pas des coups de lance ou d'épée qui auraient présidé à leur rencontre, et, bien loin de chercher à se blesser, ils auraient couru se jeter dans les bras l'un de l'autre ; mais les voilà en train de s'infliger les pires blessures. Les épées ont tout à y perdre, aussi bien que les heaumes[3] et les écus[4] qui sont cabossés et fendus. Les épées sont émoussées[5] et ébréchées, car ils assènent leurs terribles coups du tranchant et non du plat des lames. Avec le pommeau, ils s'acharnent sur le nasal, sur la nuque, sur le front, sur les joues qui en sont toutes bleues et violettes, là où le sang éclate sous la peau. Ils ont si bien réussi à rompre les hauberts[6], à mettre en pièces les écus, qu'ils sont tous deux couverts de blessures. Les efforts extrêmes auxquels ils se livrent les laissent presque sans souffle. Si vif est le combat que les pierres incrustées sur leur heaume, hyacinthe ou émeraude, sont écrasées et pulvérisées. Du pommeau ils se donnent de si terribles coups sur les

---

1. *Prennent du champ* : voir note 1, p. 115.
2. *Lances* : voir note 4, p. 37.
3. *Heaumes* : voir note 1, p. 44.
4. *Écus* : voir note 3, p. 37.
5. *Émoussées* : moins tranchantes.
6. *Hauberts* : voir note 4, p. 43.

heaumes, qu'ils sont au bord de l'évanouissement et qu'il s'en faut de peu qu'ils ne se brisent le crâne. Leurs yeux étincellent. Ils ont des poings carrés, énormes, des muscles robustes, des os solides, et ils cognent en tenant empoignées leurs épées qui rendent leurs coups encore plus redoutables.

Ils se sont longtemps évertués à cette lutte ; à force de les marteler de leurs épées, ils ont brisé leurs heaumes, rompu les mailles des hauberts, fendu et mis en pièces les écus ; ils s'éloignent un peu l'un de l'autre pour apaiser les battements de leur cœur et reprendre leur souffle. Mais ils ne s'attardent guère, et se lancent l'un contre l'autre avec encore plus de violence qu'avant. Tous ceux qui les regardent disent qu'ils n'ont encore jamais vu deux chevaliers plus courageux :

« Ils ne font pas mine de se combattre, ils s'y donnent sans réserve. On ne les en récompensera jamais comme ils devraient l'être. »

Ces propos parviennent aux oreilles des deux amis qui sont en train de s'infliger blessure sur blessure ; ils entendent aussi qu'on parle de trouver un accord entre les deux sœurs. Mais on ne parvient pas à convaincre l'aînée de conclure la paix ; la cadette, elle, s'en remettait à la décision du roi, à laquelle elle se soumettait entièrement. Mais l'aînée se montre si opiniâtre, que tout le monde prend le parti de la cadette : la reine Guenièvre, les chevaliers, le roi lui-même, les dames, les bourgeois ; on supplie de tous côtés le roi de donner le quart ou le tiers de la terre à la cadette, malgré le refus de la sœur aînée, et de séparer les deux chevaliers dont la vaillance est sans égale ; ce serait vraiment une trop grande perte si l'un d'eux blessait grièvement l'autre et faisait le moindre tort à son honneur. Le roi répondit qu'il n'interviendrait pas pour imposer la paix, puisque l'aînée, qui est d'une méchanceté diabolique, s'y oppose.

Les deux chevaliers entendent ces propos, et continuent de se malmener avec tant d'âpreté[1] qu'ils suscitent l'admiration de tous. Le combat reste si égal que personne ne sait décider qui l'emporte et qui a le dessous. Même les deux chevaliers, qui
175 s'affrontent et conquièrent la gloire par leurs tourments[2], sont pris d'étonnement et d'admiration. Ils se montrent d'égale force dans leurs assauts, au point que chacun d'eux s'en étonne et se demande qui est l'adversaire qui lui résiste avec tant d'acharnement.

180 La bataille dure si longtemps que le jour commence à céder la place à la nuit; ils ont, l'un et l'autre, le bras épuisé et le corps douloureux. Un peu partout sur leur corps, le sang jaillit, chaud et bouillant, et ruisselle sous le haubert. Il n'est guère étonnant qu'ils veuillent faire une pause, car ils souffrent atrocement. Ils
185 se reposent donc tous les deux, et chacun pense en lui-même qu'il a enfin trouvé son pair[3], après tant de combats. Ils restent ainsi longuement à se reposer, sans oser reprendre la mêlée. Ils n'ont guère envie de se battre, tant pour la nuit qui amène l'obscurité, que pour la crainte qu'ils s'inspirent mutuellement.
190 Ce sont deux motifs qui les incitent à demeurer en paix. Mais avant qu'ils quittent le champ de bataille, ils se seront abordés et ils se réjouiront et s'apitoieront ensemble.

Monseigneur Yvain parla le premier, en homme preux et courtois. Mais, quand il parla, son cher ami ne le reconnut pas;
195 ce qui l'en empêcha, c'est qu'il parlait tout bas et qu'il avait la voix enrouée, faible et cassée, tant les coups qu'il avait reçus lui avaient altéré le sang :

« Seigneur, dit-il, la nuit approche. Je suis sûr que personne ne nous adressera de reproche si la nuit nous sépare. Pour ce qui

---

1. *Âpreté* : dureté, combativité.
2. *Tourments* : voir note 7, p. 27.
3. *Son pair* : son égal.

est de moi, je peux bien reconnaître que j'éprouve à votre égard[1] une grande crainte et une grande estime. De ma vie, jamais je n'ai eu à livrer une bataille qui m'ait fait autant souffrir, et je ne pensais pas non plus rencontrer un chevalier que je désirasse autant connaître. Vous savez placer vos coups et vous ne les gaspillez pas ; je ne connais pas de chevalier qui m'en ait distribué autant, et je me serais bien passé de recevoir tous ceux dont aujourd'hui vous m'avez gratifié ! J'en suis tout étourdi.

– Par ma foi, fait monseigneur Gauvain, je suis assommé et épuisé, autant ou plus que vous. Mais peut-être ne vous opposeriez-vous pas à ce que j'apprenne qui vous êtes. Si je n'ai pas lésiné sur ce que je pouvais vous donner[2], vous m'avez remboursé avec exactitude, intérêt et capital, et vous vous êtes montré généreux, au-delà de ce que je souhaitais. Mais, puisque vous voulez que je vous dise mon nom, je ne vous le cacherai pas : je m'appelle Gauvain, fils du roi Lot. »

À ces mots, monseigneur Yvain reste abasourdi et bouleversé ; en proie à une violente colère, il jette à terre son épée, rouge de sang, et ce qui restait de son écu en morceaux ; il descend de cheval et met pied à terre en s'écriant :

« Hélas ! Quel malheur ! Nous devons cette bataille à une ignorance affreuse, nous ne nous sommes pas reconnus ! Car si je vous avais reconnu, je ne me serais pas battu contre vous, j'aurais préféré me proclamer vaincu avant le premier échange, je vous le jure.

– Comment, fait monseigneur Gauvain, qui êtes-vous ?

– Je suis Yvain, qui a pour vous plus d'amitié que personne au monde, car j'ai reçu de vous la preuve d'une amitié constante et des témoignages d'honneur dans toutes les cours. Mais je veux en cette affaire vous présenter réparation et vous rendre honneur en me déclarant bel et bien vaincu.

---

1. *À votre égard* : voir note 2, p. 53.
2. *Si je n'ai pas lésiné [...] donner* : si je n'ai pas ménagé mes forces.

– Vous feriez cela pour moi ? fait monseigneur Gauvain plein de délicatesse. Il serait insensé de ma part d'accepter cette réparation. L'honneur de la victoire ne peut me revenir, il doit vous appartenir, j'y renonce entièrement.

– Ha, cher seigneur, taisez-vous, c'est impossible. Je ne tiens plus sur mes jambes tant je suis mal en point et épuisé.

– Non, vous perdez votre peine, dit son ami et cher compagnon ; c'est moi qui suis vaincu et mal en point ; et je ne le dis pas par complaisance, car je dirais la même chose à n'importe qui au monde plutôt que d'encaisser de nouveaux coups. »

Tout en parlant, il a mis pied à terre ; ils se jettent alors dans les bras l'un de l'autre et se donnent l'accolade, sans cesser tous deux de se proclamer vaincus. Leur débat continue jusqu'à ce que le roi et les barons accourent près d'eux ; les voyant se faire des démonstrations d'amitié, ils brûlent d'apprendre ce qui se passe et qui sont ces adversaires qui se font fête.

« Seigneurs, dit le roi, dites-nous d'où viennent tout à coup cette amitié et cet accord entre vous, alors qu'on vous a vus toute la journée en proie à la haine et à la discorde la plus vive.

– Sire, dit Gauvain, son neveu, vous allez apprendre le malheur et la malédiction qui sont à la source de cette bataille. Puisque vous voici venu pour l'apprendre de notre bouche, il est juste que la vérité vous en soit révélée. Moi, Gauvain, votre neveu, je n'ai pas reconnu Yvain, mon compagnon, que voici, jusqu'à ce que – grâces lui en soient rendues – Dieu lui inspirât de s'enquérir de mon nom. Chacun se découvrit alors à l'autre, mais nous ne nous sommes reconnus qu'après nous être bien battus. Ce fut un combat acharné, et s'il s'était encore prolongé tant soit peu, j'étais en mauvaise posture, car, je le jure, j'allais mourir, victime de sa vaillance et de la cause injuste de celle qui m'a envoyé en ce combat. Mais, à présent, je préfère me voir vaincu aux armes que de périr de la main de mon ami. »

À ces mots, monseigneur Yvain sentit son sang ne faire qu'un tour :

265 « Mon cher seigneur, Dieu m'en soit témoin, vous avez grand tort de prononcer de telles paroles. Il faut que le roi sache qu'en cette bataille, c'est moi, sans conteste, qui suis vaincu et qui abandonne le combat.

— Non, c'est moi !

270 — Non, moi ! » font-ils l'un et l'autre.

Le roi mit fin à la dispute après les avoir écoutés un moment. Il prenait grand plaisir à ce qu'il entendait, et surtout il était heureux de les voir se donner des accolades, alors qu'ils venaient de s'infliger l'un à l'autre de multiples blessures :

275 « Seigneurs, dit-il, une grande amitié vous unit ; c'est bien évident à entendre chacun prétendre qu'il a été vaincu. Mais à présent remettez-vous-en à moi ! Je vais arranger l'affaire d'une manière qui, je crois, vous fera honneur, et qui m'attirera l'approbation de tout le monde. »

280 Ils ont alors juré tous les deux de se plier entièrement à la décision qu'il prendrait et le roi déclara qu'il allait régler le conflit en toute équité[1].

« Où est, dit-il, la demoiselle qui a chassé sa sœur de sa terre et l'a déshéritée par la force et sans la moindre pitié ?

285 — Sire, dit-elle, me voici.

— Vous voilà ? Approchez donc. Je savais depuis longtemps que vous la priviez de son héritage. Mais ses droits ne seront pas plus longtemps bafoués, car vous venez de me reconnaître la vérité. Il vous faut donc lui remettre sa part en toute propriété.

290 — Sire, dit-elle, si j'ai répondu à l'étourdie et inconsidérément, vous ne devez pas me prendre au mot. Pour Dieu, sire, ne m'accablez pas ! Vous êtes roi, et vous devez veiller à ne commettre ni injustice ni préjudice.

---

1. *Équité* : respect de ce qui est dû à chacun.

– C'est la raison pour laquelle, fait le roi, je veux rendre à votre sœur ce qui lui revient de droit, car je suis ennemi de toute injustice. Vous avez bien entendu que votre chevalier et le sien s'en sont remis à moi. Je ne trancherai pas selon votre désir, car vous avez tort, tout le monde le sait. Chacun des combattants assure qu'il a été vaincu, tant ils veulent se faire mutuellement honneur, mais je ne dois pas m'y arrêter. Puisque la décision me revient, ou bien vous accepterez de vous conformer à ma décision, sans commettre d'injustice, ou bien je déclarerai que mon neveu a été vaincu au combat. Ce qui pour vous serait bien pis ; et je le dirais à contrecœur. »

Il n'avait aucune intention d'en venir là ; mais il le dit pour tenter, s'il était possible, de l'effrayer assez pour que la crainte lui fasse rendre l'héritage de sa sœur ; car il s'était bien rendu compte que les mots seraient impuissants à la faire céder, si ne s'y ajoutait crainte ou contrainte.

Comme elle le redoutait et qu'elle en avait peur, elle répondit :

« Cher seigneur, il me faut donc faire ce que vous voulez, bien que j'en aie le cœur brisé ; mais j'obéirai, quoi qu'il m'en coûte[1]. Ma sœur aura donc ce qui lui revient. Je consens que vous soyez vous-même garant de sa part d'héritage, afin qu'elle en soit plus assurée.

– Investissez-la donc immédiatement de sa part, fait le roi. Qu'elle devienne votre vassal et la tienne de vous. Portez-lui l'amitié que vous lui devez à ce titre, et que de son côté elle vous aime comme sa dame[2] et sa sœur germaine. »

Voilà comme le roi mène l'affaire, si bien que la jeune fille se trouve mise en possession de sa terre et lui en exprime sa reconnaissance.

---

1. *Quoi qu'il m'en coûte* : voir note 4, p. 30.
2. *Sa dame* : voir note 1, p. 29.

Les deux combattants quittent donc leur armure, et l'issue du combat les laisse à égalité. Tandis qu'ils se désarmaient, ils virent arriver en courant le lion qui était à la recherche de son maître. Aussitôt qu'il l'aperçoit, il commence à lui faire fête. Alors vous auriez vu tous les gens refluer ; même les plus hardis prennent la fuite.

« Arrêtez, dit monseigneur Yvain, restez ! Pourquoi vous enfuir ? Personne ne vous poursuit. N'ayez pas peur ; le lion que vous voyez venir ne vous fera aucun mal. Faites-moi confiance, s'il vous plaît ; car il m'appartient et je lui appartiens : nous sommes compagnons tous les deux. »

Tous comprirent alors, pour avoir entendu parler des aventures du lion – du lion et de son compagnon –, que celui qui avait tué le cruel géant n'était autre qu'Yvain. Monseigneur Gauvain lui dit :

« Mon seigneur et mon compagnon, Dieu m'en soit témoin, quelle honte vous m'avez procurée aujourd'hui ! Je vous revaux bien mal le service que vous m'aviez rendu en tuant le géant pour défendre mes neveux et ma nièce. J'ai bien des fois pensé que c'était vous (et j'en tremblais d'inquiétude), car il était connu que nous étions unis d'amour et d'amitié. J'y ai souvent pensé, soyez-en sûr. Mais je ne pouvais en décider. Pourtant je n'avais jamais entendu parler, en aucun pays où je sois allé, d'un chevalier qui ait porté le nom de Chevalier au lion. »

Puis il fallut conduire les deux combattants dans une infirmerie et un lieu calme, car ils avaient besoin d'un médecin et d'onguents[1] pour guérir leurs plaies. Le roi, qui avait pour eux une très grande affection, les fit venir devant lui. Un chirurgien expert dans l'art de guérir les plaies, le plus habile qu'on connût, fut appelé par le roi Arthur, et s'employa à les soigner : il guérit leurs plaies au plus vite et au mieux qu'il put.

---

1. *Onguents* : voir note 3, p. 86.

Retour à la fontaine et retour en grâce

Quand ils furent tous deux guéris, monseigneur Yvain, qui avait irrévocablement voué son cœur à l'amour, vit bien qu'il ne pourrait pas continuer de vivre et que son amour le tuerait si sa dame ne lui accordait son pardon, car il se mourait pour elle. Il
5 décida donc qu'il s'éloignerait seul de la cour et qu'il irait porter la guerre à sa fontaine ; il y déchaînerait foudre, pluie et vent, avec tant de violence que la dame serait contrainte de conclure la paix avec lui ; sinon, il ne cesserait de s'en prendre à la fontaine et de déchaîner la pluie et le vent.

10 Sitôt que monseigneur Yvain se sentit guéri et en bonne santé, il partit à l'insu de tous ; mais il avait à ses côtés son lion, qui de toute sa vie ne voulut abandonner sa compagnie. Ils cheminèrent tant qu'ils aperçurent la fontaine et y déclenchèrent la pluie. N'allez pas croire que je vous mente, mais la tempête fut
15 si terrible qu'on aurait de la peine à rendre ne serait-ce que le dixième de sa violence. Il semblait que la forêt entière dût s'abîmer au fond de l'enfer. La dame craint de voir son château emporté dans cette tourmente ; les murailles vacillent, le donjon tremble et paraît prêt à s'effondrer. Les plus hardis[1] préféreraient
20 être prisonniers en Perse[2], entre les mains des Turcs[3], plutôt que

---

1. *Hardis* : voir note 4, p. 33.
2. *Perse* : Iran actuel.
3. *Turcs* : voir note 4, p. 93.

de se trouver là, pris entre les murs. Une peur immense saisit tous les habitants du lieu qui se mettent à maudire leurs ancêtres :

« Maudit soit le premier qui s'avisa de construire une maison
25 en ce pays, et maudits, ceux qui décidèrent d'édifier ce château ; ils ne pouvaient trouver lieu au monde plus digne d'exécration [1]. Car un homme peut à lui seul nous assaillir et nous livrer aux pires tourments.

— Dame, il faut chercher une solution, fait Lunete. Vous ne
30 trouverez personne qui accepte de vous apporter son aide en ce péril, à moins d'aller le chercher bien loin. Il nous sera désormais impossible de nous reposer dans ce château et nous n'oserons franchir la porte ou les murs. Eût-on assemblé tous vos chevaliers pour faire face à ce danger, vous savez bien que même les plus
35 vaillants hésiteraient à se porter en avant. Vous voici à présent sans personne pour défendre votre fontaine et on dira que votre conduite est irresponsable et indigne. Le bel honneur que vous allez gagner là, quand celui qui vous livre ces assauts repartira sans avoir à combattre ! Vous êtes bien mal lotie, si vous ne
40 pouvez trouver d'autre remède à vos affaires !

— Dis-moi donc, toi qui ne manques pas de sagesse, fait la dame, comment je pourrai m'en sortir, et je suivrai ton avis.

— Certes, dame, si je le pouvais, je vous conseillerais volontiers. Mais vous auriez bien besoin d'un conseiller plus avisé.
45 C'est pourquoi, sans oser m'en mêler, je supporterai comme les autres la pluie et le vent, jusqu'au jour où, s'il plaît à Dieu, je verrai à votre cour un chevalier courageux qui puisse assumer la charge de cette bataille. Mais je ne crois pas que ce soit pour aujourd'hui, et ce n'est pas fait pour arranger vos affaires. »

50 La dame lui répond aussitôt :

« Demoiselle, changez de langage ; ne parlez pas des gens de ma maison, je ne peux rien en attendre, et ce n'est pas eux qui

---

1. *D'exécration* : de haine.

viendront défendre la fontaine et son perron. Mais, s'il plaît à Dieu, c'est maintenant que nous verrons ce que valent vos conseils et votre jugement, car on dit toujours que c'est dans l'adversité que l'on reconnaît ses amis.

– Dame, si l'on pouvait trouver l'homme qui a tué le géant et qui a vaincu les trois chevaliers, il ne serait pas mauvais d'aller le chercher. Mais aussi longtemps qu'il sera en guerre avec sa dame et qu'elle n'aura pour lui que colère et ressentiment[1], il n'y a sous le ciel, que je sache, homme ni femme qu'il consente à suivre tant qu'on ne lui aura pas juré de tout mettre en œuvre pour apaiser la rancune que sa dame nourrit à son encontre ; car c'est une douleur qui le tourmente à mort.

– Je suis prête, dit la dame, à vous donner ma parole et à vous jurer, avant que vous ne partiez à sa recherche, que, s'il vient jusqu'à moi, je ferai tout ce qu'il voudra, sans restriction ni tricherie, pour le réconcilier, si du moins je le puis. »

Lunete lui répondit alors :

« Dame, vous ne devez pas douter qu'il vous soit possible de le réconcilier avec sa dame, si vous le souhaitez. Quant au serment[2], j'espère ne pas vous fâcher si je vous le demande avant de me mettre en route.

– Bien volontiers », dit la dame.

Lunete, fort courtoisement[3], fit aussitôt apporter un reliquaire[4] très précieux devant lequel la dame s'agenouilla. La voici prise au jeu de la vérité, par une Lunete fort courtoise. Au moment de prononcer le serment, la jeune fille, qui le lui dictait, n'oublia rien de ce qui lui parut utile :

---

1. ***Ressentiment*** : voir note 2, p. 30.
2. ***Serment*** : voir note 1, p. 39.
3. ***Courtoisement*** : voir note 3, p. 27.
4. ***Reliquaire*** : petit coffre qui contient des reliques de saints et de martyrs de la religion catholique, vénérés par les fidèles.

« Dame, dit-elle, levez la main. Je ne veux pas que dans quelques jours, vous m'accusiez de ceci ou de cela. C'est dans votre intérêt même que vous allez jurer, non point pour moi. S'il vous plaît, vous jurerez donc, concernant le Chevalier au lion, que vous emploierez toutes vos forces, sans arrière-pensée, à l'aider jusqu'à ce qu'il soit assuré d'avoir retrouvé l'amour de sa dame, aussi vif et aussi fort qu'auparavant. »

La dame leva la main droite et dit :

« Je suivrai exactement les paroles que tu viens de prononcer. Je jure par Dieu et par les saints que, de grand cœur et sans réticence, j'y emploierai toutes mes forces. Je lui rendrai l'amour et les bonnes grâces qu'il trouvait auprès de sa dame, si du moins j'en ai le pouvoir. »

Lunete a fait du bon travail. Ce qu'elle vient d'obtenir est ce qu'elle désirait le plus. On lui avait déjà amené un palefroi[1] qui savait aller un trot léger. Ravie et rayonnante, Lunete le monte et s'éloigne.

C'est sous le pin qu'elle rencontra celui qu'elle ne pensait pas trouver si près ; elle avait pensé qu'il lui faudrait beaucoup chercher avant de parvenir jusqu'à lui. Elle l'a reconnu à son lion, aussitôt qu'elle l'a aperçu. Elle se dirigea vers lui à vive allure et mit pied à terre devant monseigneur Yvain qui, du plus loin qu'il l'avait vue, l'avait également reconnue.

Ils se saluèrent mutuellement :

« Seigneur, dit-elle, je suis fort heureuse de vous avoir trouvé si près. »

À quoi monseigneur Yvain répondit :

« Comment ? Me cherchiez-vous donc ?

— Oui, seigneur ! Et, de ma vie, jamais je n'ai été aussi heureuse ! Car j'ai obtenu de ma dame, si elle ne veut pas manquer

---

1. *Palefroi* : voir note 2, p. 41.

à son serment, qu'elle sera votre dame et vous son époux, exactement comme par le passé. J'ose vous le dire en toute vérité. »

Monseigneur Yvain, à cette nouvelle qu'il croyait ne devoir jamais entendre, sent la joie l'envahir ; il ne peut manifester assez de gratitude à celle qui lui a procuré ce bonheur. Il lui baise les yeux, puis le visage, tout en disant :

« Certes, ma chère amie, aucune récompense ne pourrait vous remercier de votre geste, et je crains de ne pas trouver le moyen et l'occasion de vous honorer et de vous servir comme je le devrais.

– Seigneur, dit-elle, qu'importe ! ne vous en inquiétez pas ! Vous aurez bien des fois le moyen et l'occasion de me prodiguer [1] vos bienfaits, à moi et à d'autres. Je n'ai fait que ce que je devais, et on ne m'en doit pas plus de reconnaissance qu'à un emprunteur qui s'acquitte de sa dette.

– C'est pourtant ce que vous avez fait, Dieu m'en soit témoin, et plus qu'au centuple ! Maintenant nous partirons quand vous voudrez. Mais lui avez-vous révélé qui je suis ?

– Non point, par ma foi ! Elle ne sait pas comment vous vous appelez et ne connaît que le Chevalier au lion. »

Ils partirent, suivis du lion, tout en continuant leur conversation, et ne tardèrent pas à arriver tous les trois au château. Une fois là, ils ne dirent absolument rien à personne avant d'arriver devant la dame, que l'annonce du retour de la jeune fille, accompagnée du lion et du chevalier, avait remplie de joie ; elle brûlait de le rencontrer, de le connaître et de le voir à loisir.

Monseigneur Yvain s'est laissé tomber à ses pieds, revêtu comme il l'était de son armure. Lunete était à côté de lui :

« Dame, lui dit-elle, relevez-le et employez toutes vos forces et toute votre habileté à lui procurer la réconciliation et le pardon que personne au monde en dehors de vous ne peut lui obtenir. »

La dame l'invite alors à se redresser :

---

1. *Prodiguer* : voir note 4, p. 42.

« Tout ce que je peux faire, dit-elle, je le mets à son service, et je serai très heureuse d'agir selon ses souhaits et ses désirs, pour autant que je le puisse.

— Certes, dame, fait Lunete, je ne l'aurais pas dit si ce n'était vrai. Vous seule le pouvez, et bien plus encore que je ne vous l'ai dit. Mais le moment est venu de vous dire la vérité et vous allez la connaître. Jamais vous n'avez eu et jamais vous n'aurez un ami meilleur que celui-ci. Dieu qui veut que règnent entre vous et lui bonne paix et parfait amour que rien ne vienne jamais troubler, m'a donné de le rencontrer aujourd'hui tout près d'ici. À quoi bon ajouter d'autres mots pour montrer que je dis vrai ? Dame, oubliez votre colère ! Il n'a qu'une seule dame, c'est vous. Ce chevalier, c'est monseigneur Yvain, votre époux. »

À ces paroles, la dame sursaute :

« Dieu me sauve, s'écrie-t-elle, me voici prise au piège ! et tu veux me faire aimer malgré moi un homme qui ne m'aime ni ne m'estime ? Quel beau travail ! Que d'attention à me servir ! Plutôt supporter toute ma vie bourrasques et tempêtes ! Et s'il n'était honteux et indigne de se parjurer, il ne serait pas question qu'il trouve auprès de moi pardon et réconciliation, et, au fond de moi, continuerait de couver, comme le feu sous la cendre, ce que je ne veux pas évoquer et dont je n'ai pas envie de me souvenir, puisqu'il faut me réconcilier avec lui. »

Monseigneur Yvain se rend compte que ses affaires s'arrangent et qu'il pourra trouver pardon et réconciliation.

« Dame, dit-il, à tout pécheur miséricorde ! J'ai payé cher ma sottise, et ce n'était que justice. Ce fut pure folie que de m'attarder loin de vous ; j'en reconnais la faute et le crime. Je fus donc bien hardi d'oser paraître devant vous, mais si maintenant vous voulez bien me garder près de vous, jamais vous n'aurez le moindre reproche à me faire.

— Oui, dit-elle, j'y consens, car je manquerais à ma parole si je n'employais toutes mes forces à vous réconcilier avec moi. Si tel est votre désir, je vous l'accorde : notre réconciliation est faite.

175 – Dame, dit-il, mille fois merci ! J'en appelle au Saint-Esprit, Dieu ne pouvait en ce bas monde me rendre plus heureux ! »

Voici monseigneur Yvain réconcilié avec sa dame ; et vous pouvez croire qu'il ne fut jamais aussi heureux, quel qu'ait été jusqu'alors son désespoir. Tout se termine bien pour lui : sa dame l'aime et le chérit et il le lui rend bien. Il a oublié tous ses tourments[1], sous l'effet de la joie que lui inspire son amie. Lunete est pour sa part très heureuse ; elle a tout ce qu'elle désire, puisqu'elle a réussi à réconcilier pour toujours monseigneur Yvain, le parfait amant, avec sa dame, l'amie parfaite tendrement aimée.

C'est ici que Chrétien de Troyes termine son roman sur le Chevalier au lion. Il a rapporté tout ce qu'il en avait appris, et vous n'en entendrez pas davantage. En dire plus ne serait que mensonge.

---

1. *Tourments* : voir note 7, p. 27.

DOSSIER

Jouons avec les chevaliers !

Parcours dans l'œuvre

L'animal, héros littéraire (groupement de textes n° 1)

La folie du héros (groupement de textes n° 2)

Images de la folie (histoire des arts)

Éducation aux médias et à l'information

Un livre, un film : *Excalibur* de John Boorman (1981)

Jouons avec les chevaliers !

Dessine-moi un chevalier

Complétez les pointillés pour retrouver les différentes parties de l'armement du chevalier à l'époque du roman de Chrétien de Troyes.

Mots croisés

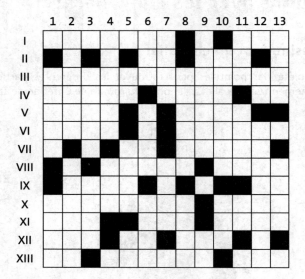

Horizontalement :

I. La dame de la fontaine, aimée jusqu'à la folie. Le bouclier des chevaliers.
II. Conjonction de coordination. Un ogre qui a dévoré sa dernière lettre.
III. Le père du roi Arthur.
IV. Il exige beaucoup de mouchoirs. Tel le fer à la pointe de la lance. Pronom personnel réfléchi.
V. Le mille-pattes. Nourrit comme les oies destinées à la fabrication du foie gras.
VI. Longues périodes. La poignée, à l'intérieur de l'écu, dans laquelle le chevalier passait le bras.

Verticalement :

1. Le père d'Yvain. De bas en haut : ce qui s'oppose à l'imaginaire.
2. Le roi idéal des romans de la Table ronde. Laudine en récite un devant la tombe de son époux.
3. De bas en haut : revue et corrigée. Ce qui n'est pas su.
4. Couches profondes de la peau. Lancelot grandit dans un palais situé au-dessous de celui-ci.
5. Le nom d'un saint pyrénéen. Le titre donné aux femmes nobles. Petit cours d'eau.
6. Venue au jour. L'animal emblématique d'Yvain. L'amour

VII. Note. Guenièvre l'était, Aliénor d'Aquitaine aussi.
VIII. La première arme utilisée dans les tournois. Heure canoniale, correspondant à 15 heures.
IX. Ancien nom de la Thaïlande. Abréviation de *opus*.
X. Le Chevalier de la charrette. Les collégiens aiment qu'elle soit bonne.
XI. Obtins. Le lieu où vous êtes. Greffe.
XII. Comme Yvain devant Laudine. Ancienne île ou note. Article défini.
XIII. Ancienne île. Une servante rusée. A le courage de.

en est un, sacré pour Yvain.
7. Volcan sicilien. Celui du lion est redoutable.
8. Assimile. Signal de fin de partie au billard électrique.
9. La sœur du roi Arthur, fée ou sorcière. Fin de participe.
10. Ami d'Yvain et modèle des chevaliers courtois. Venus au monde.
11. Région du Sahara couverte de dunes. Le fleuve qui arrose Florence. Pronom indéfini.
12. Le régal des chiens. Petites mains ou bracelets d'acier.
13. Elle reçoit les bulletins de vote. L'arme par excellence des chevaliers.

Parcours dans l'œuvre

▶ Lecture par épisodes

Après avoir lu *Yvain ou le Chevalier au lion*, entourez la ou les réponses correctes parmi les propositions suivantes.

1. Le roi Arthur tenait sa cour...
   A. à Tintagel, en Cornouailles
   B. en l'île d'Avallon
   C. à Carduel, en pays de Galles

2. Errant en quête d'aventures, Calogrenant s'est retrouvé...
   A. dans l'Autre Monde
   B. en Cornouailles
   C. en Brocéliande
3. La fontaine est merveilleuse car...
   A. son eau bouillonne, bien que plus froide que le marbre
   B. son eau est bouillante
   C. sa pierre est de diamant
4. Verser de l'eau sur la pierre de la fontaine...
   A. déclenche une tempête prodigieuse
   B. est une provocation pour le seigneur du domaine
   C. est une marque de soumission
5. Yvain veut tenter l'aventure seul...
   A. pour se couvrir de gloire
   B. par curiosité
   C. pour venger l'humiliation de son cousin
6. Le combat entre le chevalier de la fontaine et Yvain est...
   A. critiqué par Chrétien de Troyes
   B. parodié
   C. décrit en termes flatteurs
7. L'anneau que Lunete remet à Yvain...
   A. rend invisible
   B. rend invulnérable
   C. peut le transporter où il veut en un clin d'œil
8. Quand Yvain prisonnier souhaite se faire aimer de la dame dont il a tué l'époux au combat, il pense en son for intérieur[1]...
   A. qu'il est un héros
   B. qu'il est fou
   C. qu'il est félon

---

1. *En son for intérieur* : voir note 1, p. 96.

9. Quand Yvain rencontre Laudine pour la première fois...
   A. il éprouve de la peur
   B. il est très sûr de lui
   C. il a un autre souci en tête
10. Lors de l'arrivée du roi au château de Laudine, Yvain combat...
   A. Gauvain
   B. Lancelot
   C. le sénéchal Keu
11. Yvain est poussé à repartir avec la cour...
   A. par le roi Arthur
   B. par son ami Gauvain
   C. par son amie soucieuse de sa gloire
12. L'anneau que lui donne Laudine...
   A. rend invulnérable un amant fidèle
   B. est un gage amoureux
   C. rend invisible
13. Durant sa folie, Yvain est soutenu...
   A. par des bûcherons
   B. par des moines
   C. par un ermite
14. La dame de Noroison le guérit de sa folie...
   A. par une douche glacée
   B. par un baume, don de Morgue
   C. par un philtre magique
15. Une fois vaincu par Yvain, le comte Alier s'engage...
   A. à servir Yvain
   B. à ne jamais troubler la paix
   C. à construire une forteresse

16. Lorsque Yvain sauve le lion de l'emprise du serpent, le lion...
   A. attaque Yvain
   B. s'enfuit
   C. s'agenouille devant Yvain

17. Yvain combat le géant et les trois accusateurs de Lunete...
   A. dans la même journée
   B. dans la même semaine
   C. en deux journées successives

18. Quand Yvain apprend de la bouche du seigneur ce que le géant Harpin de la Montagne lui fait subir, à lui et à ses gens, la première réaction du chevalier est...
   A. l'étonnement
   B. la colère
   C. l'affliction [1]

19. Les tisseuses de soie du château de Pire Aventure sont...
   A. la rançon payée par le roi de l'Île-aux-Pucelles
   B. des prises de guerre
   C. des paysannes du domaine

20. Les fils du nétun [2] combattent...
   A. à cheval
   B. à dos de lion
   C. à pied avec un bâton de cornouiller [3] cornu

21. Enfermé dans une chambre pendant ce combat, le lion parvient à s'en échapper...
   A. en enfonçant la porte
   B. en grattant sous le seuil
   C. en se glissant dehors au moment où Yvain lui rouvre la porte

---

1. *Affliction* : voir note 2, p. 47.
2. *Nétun* : voir note 2, p. 128.
3. *Cornouiller* : voir note 1, p. 133.

22. Malgré les torts évidents de l'aînée des demoiselles de la Noire Épine, le roi laisse le combat se dérouler...

   A. par faiblesse de caractère

   B. pour respecter la coutume du duel judiciaire

   C. pour le plaisir de voir un beau combat

23. Une fois qu'Yvain et Gauvain se sont reconnus, chacun...

   A. revendique la victoire pour son compte

   B. reconnaît la victoire de l'autre

   C. considère qu'il est à égalité avec l'autre

24. Pour obliger Laudine à le recevoir, Yvain...

   A. décide de verser de l'eau sur la pierre de la fontaine autant qu'il le faudra

   B. se présente à la porte de son château

   C. demande au roi Arthur d'intervenir

25. Lunete retrouve Yvain...

   A. à la sortie de la ville

   B. dans une clairière écartée

   C. sous le grand pin près de la fontaine

26. En guise de conclusion romanesque, le narrateur assure...

   A. avoir inventé une bonne partie de son récit

   B. avoir relayé la parole des clercs[1]

   C. avoir rapporté de la vie du Chevalier au lion tout ce qu'il en avait appris

---

1. *Clercs* : voir note 1, p. 7.

Les personnages

Les chevaliers

Présentez en quelques mots le caractère des chevaliers du roman et le rôle qu'ils y jouent. Chacun des mots suivants, qui indiquent leur situation familiale ou sociale, doit apparaître dans la description du chevalier approprié : premier époux de Laudine, sénéchal, cousin, comte, fils du roi Urien, neveu, prisonnier dans une tour.

1. Calogrenant ....
2. Esclados le Roux ....
3. Gauvain ....
4. Alier ....
5. Keu ....
6. Lancelot ....
7. Yvain ....

Les personnages féminins du roman

Dames et demoiselles ont beaucoup d'importance dans le roman. Reliez le nom de chacune d'elles à son rôle dans les aventures d'Yvain.

Guenièvre • • Fine mouche, la meilleure alliée d'Yvain

Morgue (Morgane) • • Pour elle, il combat le géant Harpin de la Montagne

Laudine de Landuc • • Elle est reine, épouse du roi Arthur

Lunete • • Elle possède le domaine de la fontaine et le cœur d'Yvain

La dame de Noroison • • Pour défendre ses droits, il affronte Gauvain

La nièce de Gauvain • • Pour les délivrer, il combat les terribles fils du nétun

La cadette du sire de la Noire Épine • • Pour elle, il combat le terrible comte Alier

Les tisseuses de soie • • Sœur du roi Arthur, fée ou « savante », ses baumes guérissent blessures et folie

Les thèmes du roman

Les exploits d'Yvain

1. Associez chaque exploit d'Yvain à la raison qui le motive. Plusieurs réponses sont possibles.

Il tente l'aventure de la fontaine périlleuse	Combattre des forces maléfiques
	Protéger une dame ou demoiselle en détresse contre son agresseur
Il repart avec la cour pour courir les tournois	Venger l'honneur de quelqu'un de son lignage
Il combat le comte Alier	Défendre le bon droit d'une jeune fille spoliée par son aînée
Il combat le terrible géant Harpin de la Montagne	Rester digne de l'amour de sa dame
Il combat les trois accusateurs de Lunete	S'acquitter d'une dette de reconnaissance
	Rechercher l'exploit personnel
Il lutte contre les fils du nétun	Sauver de la mort une demoiselle injustement accusée
Il mène un duel judiciaire contre Gauvain	Libérer des prisonnières
	Épouser les intérêts d'un ami en aidant sa parenté

2. Après quel épisode la rencontre avec le lion se situe-t-elle ? À votre avis, de quoi est-elle le symbole ?

L'itinéraire moral d'Yvain

Au fil du récit, la quête d'Yvain, à la recherche d'exploits qui feront sa renommée, s'accompagne d'un itinéraire moral qui contribue à la richesse du personnage. Retrouvez-en les grandes étapes :

1. Qu'a « conquis » Yvain par sa victoire contre Esclados le Roux et grâce à l'aide de Lunete ?

2. Quelle faute commet-il à l'égard de sa dame ? En quoi est-ce félonie[1] ?

3. La folie d'Yvain a-t-elle des conséquences positives sur le personnage ? Lesquelles ?

4. À quoi Yvain consacre-t-il ses forces une fois qu'il a retrouvé ses esprits ?

5. C'est sous le nom de « Chevalier au lion » qu'Yvain désire que l'on fasse connaître son exploit contre le géant. C'est sous ce nom aussi qu'il achèvera la reconquête de Laudine. Selon vous, ce nom est :

   A. un signe d'orgueil

   B. une ruse amoureuse

   C. le signe de son désir de se mettre au service du bien

6. Comment peut-on interpréter la fin du roman ? Plusieurs réponses sont possibles.

   A. La vie de cour et les prouesses[2] dans les tournois ne suffisent pas à un chevalier digne de ce nom.

   B. La fidélité à l'amour est plus importante que le souci de gloire.

   C. La fidélité à l'amour peut se concilier avec les devoirs les plus nobles de la chevalerie.

Un monde de valeurs

1. Relevez dans l'extrait allant de « Mais entre-temps » (p. 120, l. 1) à « si elle le demande » (p. 122, l. 68) les mots qui renvoient à la morale et ceux qui renvoient à la justice, puis reportez-les dans le tableau suivant. Vous distinguerez les noms, les adjectifs et les verbes.

---

1. *Félonie* : voir Présentation, p. 10.
2. *Prouesses* : voir note 1, p. 9.

	Vocabulaire moral	Vocabulaire juridique
Noms ou groupes nominaux	Obligeance...	
Adjectifs	Vaillant	
Verbes ou locutions verbales		Avait plaidé

2. Que pouvez-vous en déduire sur l'image que Chrétien de Troyes veut donner d'Yvain ?

3. Si vous deviez résumer le personnage d'Yvain en trois valeurs, quelles seraient-elles ?

4. Parmi les qualités et les valeurs suivantes, barrez celles qui vous semblent ne pas être illustrées par les héros du roman. Vous pourrez utiliser un dictionnaire pour chercher la définition des mots que vous ne connaissez pas.

loyauté – vaillance – magnanimité – humilité – désintéressement – sang-froid – sens de l'humour – foi – ruse – sensibilité

5. Qu'en déduisez-vous concernant la définition du héros au Moyen Âge ? Selon vous, les héros de notre époque ont-ils les mêmes qualités ? Justifiez votre réponse.

6. Connaissez-vous des héros qui rassemblent plusieurs des valeurs citées dans la question 4 ? Vous pourrez nommer des personnes réelles aussi bien que des personnages de fiction (cinéma, littérature...).

Le merveilleux

Le roman de Chrétien de Troyes fait revivre la société du XIIe siècle mais il nous plonge aussi dans un univers légendaire, riche en prodiges et en enchantements de toutes sortes. Répondez aux questions suivantes pour analyser la présence du merveilleux dans *Yvain ou le Chevalier au lion*.

1. Proposez une définition du merveilleux.

2. Le terme « merveilleux » a traversé les siècles ! Grâce à une recherche dans le dictionnaire, montrez comment son sens a évolué, depuis son apparition dans le domaine littéraire pour qualifier les légendes médiévales jusqu'à son utilisation courante aujourd'hui.

3. Citez deux objets magiques utilisés dans *Yvain ou le Chevalier au lion*.

4. Repérez dans le récit deux personnages relevant de l'univers du merveilleux.

5. En faisant appel à vos connaissances, citez deux autres personnages (de roman, de conte, de film...) qui appartiennent également au merveilleux.

L'animal, héros littéraire

(groupement de textes n° 1)

Le lion tient une place primordiale dans les aventures d'Yvain, au point de figurer dans le titre du roman. À la fois reconnaissant et protecteur, tendre et féroce, conquérant et fidèle, il s'inscrit dans une longue lignée d'animaux de fiction, tantôt compagnons des héros auxquels ils servent de faire-valoir, tantôt héros à part entière. À la manière des hommes qu'ils symbolisent parfois, ils sont doués de caractères complexes, entre générosité, fourberie et cruauté.

Le Roman de Renart : la ruse du renard face à la sagesse du lion

Un des ouvrages les plus connus du Moyen Âge est le recueil de contes intitulé *Le Roman de Renart*[1]. Comme dans *Yvain ou le Chevalier au lion*, dont il est contemporain, les animaux y ont une forte valeur symbolique. En effet, les auteurs médiévaux, observateurs critiques de leur époque, ont souvent transposé chez les animaux les qualités et les défauts qu'ils trouvaient chez les humains.

Le récit du *Roman de Renart* est centré sur un héros à la fois cruel et rusé : Renart le Goupil[2]. Ses aventures le conduisent à être jugé par le lion, roi des animaux, qui incarne les mêmes valeurs de noblesse et de générosité que dans le roman de Chrétien de Troyes.

[Le jugement du lion]

Quand [les bêtes] voient le roi [Noble] assis sur son trône, elles courent ensemble se jeter à ses pieds tandis que Chantecler [le coq] s'agenouille et lui baigne les pieds de ses larmes. À la vue de Chantecler, le roi est saisi de pitié pour le jeune homme. Il a poussé un grand soupir, rien au monde n'aurait pu l'en empêcher. De colère, il redresse la tête. Toutes les bêtes sans exception, même les plus courageuses – ours ou sangliers –, sont remplies de peur lorsque leur suzerain se met à soupirer et à rugir. Le lièvre Couard[3] eut si peur qu'il en eut la fièvre pendant deux jours. Toute la cour frémit à l'unisson. Le plus hardi[4] tremble de peur. De colère, Noble redresse la queue et il s'en frappe, en proie à un tel désespoir que toute sa demeure en résonne. Puis il tint ce discours : « Dame Pinte [la poule], dit l'empereur, par la foi que je dois à l'âme de mon père pour lequel je n'ai pas encore fait l'aumône[5] aujourd'hui, votre malheur me

---

1. Voir Chronologie, p. 23.
2. *Goupil* : ancien nom du renard.
3. *Couard* : voir note 1, p. 63.
4. *Hardi* : voir note 4, p. 33.
5. *Je n'ai pas encore fait l'aumône* : je n'ai pas encore payé un prêtre pour qu'il prie ou donne une messe (à la mémoire du père du roi Noble).

désole et je voudrais bien le réparer. Mais je vais faire venir Renart si bien que vous verrez de vos propres yeux et entendrez de vos propres oreilles combien la vengeance sera terrible : je veux le châtier[1] de façon exemplaire pour son crime et son orgueil. » Isengrin [le loup] n'a pas plutôt entendu le roi qu'il se relève en toute hâte : « Sire, dit-il, vous agissez à merveille. On chantera partout vos louanges si vous parvenez à venger Pinte et sa sœur dame Coupée que Renart a si sauvagement estropiée[2]. Ce n'est pas la haine qui m'inspire : je parle ainsi à cause de la demoiselle qu'il a tuée et non à cause de griefs[3] personnels. » L'empereur dit : « Mon ami, Renart m'a mis au cœur un immense chagrin et ce n'est pas la première fois. Devant vous tous, devant tous les étrangers à ma cour, je l'accuse, avec toute la solennité qui m'est coutumière[4], d'adultère, d'insolence, de lèse-majesté[5], de violation de la paix. Mais il est temps de passer à un autre sujet : Brun l'ours, prenez votre étole[6] et priez pour le repos de cette âme [la poule Coupée] ! Et vous, seigneur Bruyant le taureau, dans ce champ, là-bas, creusez-moi donc une sépulture[7] ! – Volontiers, sire », dit Brun.

Le Roman de Renart, adaptation de Monique Lachet-Lagarde
d'après la traduction de Jean Dufournet
et Andrée Mélines, Flammarion,
coll. « Étonnants Classiques », 2016, p. 85-86.

---

1. *Châtier* : punir.
2. *Estropiée* : blessée.
3. *Griefs* : plaintes.
4. *Coutumière* : voir note 3, p. 29.
5. *Lèse-majesté* : crime contre le roi.
6. *Étole* : écharpe portée par les prêtres.
7. *Sépulture* : tombe.

Alice au pays des merveilles : l'héroïsme excentrique d'un chat

En 1865, l'écrivain anglais Lewis Carroll (1832-1898) imagine les aventures d'Alice, que la poursuite d'un étrange Lapin Blanc conduit au pays des merveilles. Elle y rencontre d'autres curieux animaux, qui se révèlent tantôt des adjuvants [1], tantôt des opposants [2]. Parmi eux, l'un des plus emblématiques est « le Chat du Cheshire », qui incarne la promesse d'un univers marqué par une folie généralisée. Ce chat au sourire perpétuel résume à lui seul tout le mystère, toute la bizarrerie et tout le charme étrange et fabuleux d'*Alice au pays des merveilles*.

[Le Chat du Cheshire]

En voyant Alice, le Chat ne fit rien que sourire. Il avait l'air, estima-t-elle, d'avoir un caractère charmant ; pourtant il possédait de très, très longues griffes et un grand nombre de dents, de sorte qu'elle se rendit compte qu'il convenait de le traiter avec respect. « Minet du Cheshire… », commença-t-elle, avec quelque appréhension, à articuler, ne sachant pas du tout si ce nom lui plairait. Mais le sourire du chat s'élargit ostensiblement. « Allons, il est jusqu'à présent satisfait », pensa Alice, qui poursuivit :

« Voudriez-vous, je vous prie, me dire quel chemin je dois prendre pour m'en aller d'ici ?

— Cela dépend en grande partie du lieu où vous voulez vous rendre, répondit le Chat.

— Je ne me soucie pas trop du lieu…, dit Alice.

— En ce cas, peu importe quel chemin vous prendrez, déclara le Chat.

— … pourvu que j'arrive *quelque part*, ajouta, en manière d'explication, Alice.

---

1. *Adjuvants* : personnages qui aident le héros ou l'héroïne.
2. *Opposants* : personnages qui nuisent au héros ou à l'héroïne, qui l'empêchent de réussir.

– Oh ! dit le Chat, vous pouvez être certaine d'y arriver, pourvu seulement que vous marchiez assez longtemps. »

Alice dut admettre que c'était là une évidence incontestable. Elle s'aventura donc à poser une autre question :

« Quelle sorte de gens vais-je rencontrer en ces parages ?

– Dans cette direction-*ci*, répondit le Chat en faisant un vague geste de la patte droite, habite un Chapelier[1] ; et dans cette direction-*là*, ajouta-t-il en faisant le même geste de son autre patte, habite un Lièvre de Mars. Vous pouvez, selon votre préférence, aller voir l'un ou l'autre : ils sont fous tous les deux.

– Mais je n'ai nulle envie d'aller chez des fous, fit remarquer Alice.

– Oh ! vous ne sauriez faire autrement, dit le Chat : ici, tout le monde est fou. Je suis fou. Vous êtes folle.

– Comment savez-vous que je suis folle ? demanda Alice.

– Il faut croire, répondit le Chat, que vous l'êtes ; sinon vous ne seriez pas venue ici. »

Alice estima que ce n'était pas là une preuve suffisante ; néanmoins, elle poursuivit :

« Et comment savez-vous que vous êtes fou ?

– Commençons, dit le Chat, par le commencement : les chiens ne sont pas fous. Vous l'admettez ?

– Apparemment, répondit Alice.

– Eh bien alors, poursuivit le Chat, vous remarquerez que les chiens grondent quand ils sont en colère, et remuent la queue quand ils sont contents. Or *moi*, je gronde quand je suis content et je remue la queue quand je suis en colère. Donc je suis fou.

– J'appelle cela ronronner, et non pas gronder, objecta Alice.

– Appelez cela comme il vous plaira, dit le Chat. Jouerez-vous au croquet[2], aujourd'hui, chez la Reine ?

---

1. *Chapelier* : celui qui fait ou vend des chapeaux.
2. *Croquet* : jeu populaire en Grande-Bretagne et dans les anciennes colonies britanniques, qui consiste à faire passer des boules sous des arceaux, à l'aide d'un maillet.

— J'en serais ravie, répondit Alice, mais, jusqu'à présent je n'y ai pas été invitée.

— Vous m'y verrez », dit le Chat ; et il disparut.

Lewis Carroll, *Alice au pays des merveilles*, trad. Henri Parisot, Flammarion, coll. « Étonnants Classiques », 2007, p. 88-89.

Le Secret de La Licorne : Tintin jamais sans Milou !

Les célèbres bandes dessinées d'Hergé (1907-1983), qui mettent en scène les aventures du reporter Tintin aux quatre coins du monde, exposent les liens indéfectibles[1] entre un homme et son animal. Dans *Le Secret de La Licorne* (1943), Milou, le chien de Tintin, sauve son maître *in extremis* alors que celui-ci vient d'être kidnappé par deux antiquaires.

■ Planche extraite de l'album *Le Secret de La Licorne* (p. 53).

---

1. *Indéfectibles* : éternels, indestructibles.

La folie du héros

(groupement de textes n° 2)

Les personnages saisis de folie ne sont pas exceptionnels dans la littérature. Très représenté au Moyen Âge, le personnage du fou est souvent en rupture avec la société et ignoré par elle. À cette époque, les écrivains relient la folie à une situation personnelle insupportable qui pousse le héros au-delà de ses limites psychologiques : les amours contrariées d'Yvain ou celles de Tristan, le désir de vengeance du roi Charles VI chez Jean Froissart ou, un peu plus tard, la passion de don Quichotte pour les romans de chevalerie. Le fou peut susciter de la peur ou de la pitié : il est ainsi matière à des récits angoissants, bouleversants et parfois cocasses...

 Tristan et Iseut : la folie d'amour

Apparue dans la tradition orale celtique au IXe siècle et portée à l'écrit pour la première fois au XIIe siècle, la légende médiévale de *Tristan et Iseut* illustre la folie d'amour. Tristan, neveu du roi Marc et chevalier d'exceptionnelle valeur, doit ramener Iseut la Blonde à la cour du roi qu'elle doit épouser. Mais, sur le navire du retour, Tristan et Iseut boivent un philtre magique et tombent éperdument amoureux l'un de l'autre. Leur vie est désormais soumise à leur passion commune et ils subissent de multiples épreuves, recourant à la ruse pour se retrouver comme pour échapper aux manœuvres de leurs ennemis. Dans l'épisode suivant, Tristan décide de se déguiser en fou pour approcher Iseut.

La folie Tristan

Par un vielleur[1] que la reine lui avait envoyé, Tristan avait appris ce qu'Iseut endurait. « Comment donc ! se dit-il, Iseut souffre pour

---

1. ***Vielleur*** : joueur de vielle (instrument à cordes et à archet).

moi, et je souffre loin d'elle ! Ma mort est proche, j'en suis sûr. Mais, plutôt mourir en une fois que de m'éteindre lentement comme je le fais chaque jour ! Car ce n'est rien qu'une longue mort que de vivre nuit et jour dans une douleur sans espoir. C'est la mort que je veux : peut-être, dans son secret, retrouverai-je mon amour, et béni par le Seigneur, je n'en serai plus séparé ? Mais pourquoi mourir aussi ? Je revivrais de revoir le visage de la reine. De toute sa douceur, autrefois, elle a guéri mes blessures. Mais ma blessure d'aujourd'hui ? C'est ma raison, pour l'instant, qui me quitte et m'affole. Oui, je suis déjà bien fou quand j'hésite à partir et à prendre la route qui me mène vers elle ! Ni épée[1], ni écu[2] : au hasard des chemins, je gagnerai Tintagel, j'aurai au moins une minute de bonheur et de vie. »

Tristan quitta sur-le-champ le château de Carhaix. Il se fit tondre en cachette et raser les cheveux. Il déchira ses habits, s'écorcha la peau du crâne, et descendant à la grève[3] qui s'étendait tout au pied des falaises de Penmarch, sa guibole[4] par-ci, sa guibole par-là, comme un fou lunatique qui battrait la campagne, une massue à la main qu'il faisait tournoyer en riant aux nuages qui dérivaient dans le ciel, il gagna une nef[5] qui s'apprêtait à lever l'ancre.

Après un long voyage, la nef a accosté au port de Tintagel. Des maisons de rondins qui descendent de l'église vers la côte sauvage, Tristan voit les épieux[6] qui ceinturent le château. La massue sur le cou, il gravit la colline en bayant aux corneilles, et se présente au portier qui surveille la clôture :

« Me vois-tu ? lui dit-il. Je m'en reviens comme je suis des épousailles[7] de l'abbé qui tient le Mont-Saint-Michel. Il s'est adjugé[8] une

---

1. *Épée* : voir note 1, p. 12.
2. *Écu* : voir note 3, p. 37.
3. *Grève* : plage.
4. *Guibole* : jambe.
5. *Une nef* : un vaisseau.
6. *Épieux* : voir note 1, p. 109.
7. *Épousailles* : noces.
8. *Adjugé* : attribué.

nonne aussi grosse qu'une tour. Quand j'ai dû les quitter, tout le monde y dansait dans les clairières à la brune[1]. Tu verrais moinillons[2], comme ils relèvent leurs robes et jettent leurs jambes en l'air !

– Et alors, le vagant[3] ! rigola le soldat. Tu as trouvé le courage de t'en aller d'une telle fête !

– Le fallait ! Le fallait ! dit Tristan, nasillant. Je savais que je devais mon service au roi Marc.

– Entre donc, monseigneur ! Bien mauvais serviteur, si je faisais languir[4] mon souverain ! »

Quand on l'aperçut qui entrait dans la salle du conseil, le roi Marc s'esclaffa. Il s'avança vers le fou, et se plantant devant lui, s'inclina à honneur.

« Nous sommes heureux, lui dit-il, de recevoir ta visite. Mais si ce n'est t'offenser, ne peux-tu me révéler quel est le nom que tu portes ?

– Oh ! bien sûr, dit Tristan. Je me nomme Picou.

– Picolet, dit le roi, que viens-tu quémander[5] ? De quelle illustre famille te trouves-tu le rejeton[6] ?

– Ça, pour ça, écoutez. Ma mère était une baleine. »

Le Mythe de Tristan et Iseut, trad. Michel Cazenave,
GF-Flammarion, 2000, chap. 51, « La folie Tristan »,
p. 251-252.

---

1. *À la brune* : au crépuscule.
2. *Moinillons* : jeunes moines.
3. *Vagant* : vagabond.
4. *Languir* : attendre.
5. *Quémander* : demander avec insistance.
6. *Rejeton* : descendant.

Jean Froissart : le roi fatigué et vengeur devenu fou

Jean Froissart (v. 1337-1410) est connu pour ses *Chroniques de France, d'Angleterre et des pays voisins*, composées vers 1370. Parmi les événements marquants de son temps et des anecdotes plus confidentielles, ce chroniqueur médiéval raconte, avec beaucoup de détails émouvants et angoissants, l'accès de folie dont fut pris Charles VI dans la forêt du Mans en 1392.

[La folie du roi]

Durant son séjour au Mans, le roi de France avait été durement fatigué de conseils[1] ; il n'y pouvait guère donner d'attention : depuis le début de la saison, il était souffrant, avait la tête lourde, buvait et mangeait peu, et se trouvait presque chaque jour en chaleur de fièvre et de chaude maladie. Cependant il s'y appliquait, par devoir, du corps et de la tête ; et cela lui était grandement ennemi et contraire. Avec tout cela, dans l'attente de la venue de son connétable[2], il était tout ce qu'il y a de plus mélancolique et avait l'esprit troublé et travaillé. Ses médecins s'en apercevaient bien, ainsi que ses oncles ; mais ils n'y pouvaient remédier, car on ne lui osait conseiller de ne pas aller en Bretagne.

On m'a raconté qu'ainsi qu'il chevauchait dans la forêt du Mans, un très grand présage lui advint, dont il eût dû se bien aviser et réunir son conseil avant d'aller plus loin. Soudain il vint vers lui un homme, tête nue et tout déchaussé, vêtu d'une pauvre cotte[3] de bureau[4] blanc, et qui montrait qu'il était plutôt fou que sage. Il s'élança entre deux arbres, saisit les rênes du cheval du roi, l'arrêta tout coi[5] et dit : « Roi, ne chevauche pas plus avant ; mais retourne,

---

1. *Fatigué de conseils* : fatigué par les assemblées.
2. *Connétable* : officier de la Couronne.
3. *Cotte* : tunique.
4. *Bureau* : étoffe de laine.
5. *L'arrêta tout coi* : l'arrêta et le calma. « Coi » signifie « silencieux, tranquille ».

car tu es trahi. » Cette parole entra en la tête du roi, qui était faible, et y causa un grand trouble, car son esprit frémit et son sang tourna.

[...]

Le roi s'imagina que ses ennemis, à grand foison[1], lui couraient sus pour le tuer. En cette illusion, il se détraqua par faiblesse de tête. Il s'élança en avant en éperonnant[2] son cheval, tira son épée et se retourna vers ses pages, qu'il ne reconnut plus, non plus que personne. Il crut être à une bataille et entouré d'ennemis ; et, haussant son épée, et la levant en l'air pour frapper et donner des coups, sans se soucier à qui, il s'écria : « En avant, en avant sur ces traîtres ! »

Jean Froissart, *Les Plus Belles Histoires de Messire Jean Froissart*, trad. Henri Longnon, À l'enseigne de la Cité des livres, 1925.

Don Quichotte, le pauvre gentilhomme qui se croyait grand chevalier

En écrivant les aventures de *Don Quichotte* au XVIe siècle, l'Espagnol Miguel de Cervantès (1547-1616) plonge le lecteur dans l'imaginaire médiéval de la chevalerie tout en le parodiant. Don Quichotte, pauvre gentilhomme espagnol, lit tant de romans qu'il finit par se prendre lui-même pour un chevalier. Accompagné du paysan Sancho Panza, il part à l'aventure et entend conquérir le monde, mais, en fait de géants et d'ennemis maléfiques, il ne se bat que « contre des moulins à vent »...

Des exploits de don Quichotte contre des moulins à vent

En ce moment ils découvrirent trente ou quarante moulins à vent qu'il y a dans cette plaine, et, dès que don Quichotte les vit, il dit à son écuyer :

---

1. À *grand foison* : très nombreux.
2. *Éperonnant* : voir note 3, p. 44.

« La fortune[1] conduit nos affaires mieux que ne pourrait y réussir notre désir même. Regarde, ami Sancho ; voilà devant nous au moins trente démesurés géants, auxquels je pense livrer bataille et ôter la vie à tous tant qu'ils sont. Avec leurs dépouilles[2], nous commencerons à nous enrichir ; car c'est prise de bonne guerre, et c'est grandement servir Dieu que de faire disparaître si mauvaise engeance[3] de la face de la terre.

– Quels géants ? demanda Sancho Panza.

– Ceux que tu vois là-bas, lui répondit son maître, avec leurs grands bras, car il y en a qui les ont de presque deux lieues[4] de long.

– Prenez donc garde, répliqua Sancho ; ce que nous voyons là-bas ne sont pas des géants, mais des moulins à vent, et ce qui paraît leurs bras, ce sont leurs ailes, qui, tournées par le vent, font tourner à leur tour la meule du moulin.

– On voit bien, répondit don Quichotte, que tu n'es pas expert en fait d'aventures : ce sont des géants te dis-je ; si tu as peur, ôte-toi de là, et va te mettre en oraison[5] pendant que je leur livrerai une inégale et terrible bataille. »

En parlant ainsi, il donna de l'éperon[6] à son cheval Rossinante, sans prendre garde aux avis de son écuyer[7] Sancho, qui lui criait qu'à coup sûr c'étaient des moulins à vent et non des géants qu'il allait attaquer. Pour lui, il s'était si bien mis dans la tête que c'étaient des géants, que non seulement il n'entendait point les cris de son écuyer Sancho, mais qu'il ne parvenait pas, même en approchant tout près, à reconnaître la vérité. Au contraire, et tout en courant, il disait à grands cris : « Ne fuyez pas, lâches et viles créatures, c'est un seul chevalier qui vous attaque. »

Cervantès, *Don Quichotte*, trad. Louis Viardot, Flammarion, coll. « Étonnants Classiques », 2008, p. 64-65.

---

1. *La fortune* : le hasard.
2. *Dépouilles* : tout ce qu'on prend à l'ennemi.
3. *Engeance* : voir note 1, p. 126.
4. *Lieues* : voir note 1, p. 77.
5. *Oraison* : prière.
6. *Il donna de l'éperon* : voir note 3, p. 44.
7. *Écuyer* : voir note 1, p. 41.

Tintin en proie à un fou attachant

En Chine pour de nouvelles aventures sur fond de trafic d'opium, le reporter Tintin se trouve aux prises avec un jeune homme au comportement étrange, qui alterne entre mutisme et pulsions meurtrières. Le reporter apprend alors que l'inconnu a reçu une fléchette de « poison-qui-rend-fou ».

■ Planche extraite de l'album *Le Lotus bleu* (p. 13-14).

Images de la folie

(histoire des arts)

Reportez-vous p. 6-7 du cahier photos pour répondre aux questions suivantes.

Gustave Courbet (1819-1877) : *Le Désespéré*

Gustave Courbet a peint *Le Désespéré* entre 1843 et 1845. Cette œuvre est un autoportrait du peintre, qui en a réalisé plusieurs au cours de sa carrière, tels que l'autoportrait dit *Courbet au chien noir* (1842-1844) et *L'Homme à la ceinture de cuir. Portrait de l'artiste* (1845-1846). Par la suite, Courbet devient le chef de file de la peinture réaliste et crée le scandale avec *Un enterrement à Ornans* (1849-1850), *L'Atelier du peintre* (1854-1855) ou encore *L'Origine du monde* (1866).

1. Comment Courbet rend-il visible le trouble intérieur qui agite son personnage ?

2. Étudiez la lumière dans ce tableau. D'où provient-elle ? Quelles parties du corps met-elle en valeur ?

Gustave Doré (1832-1883) : une illustration de *Don Quichotte*

Gustave Doré, artiste polyvalent, a exercé ses talents dans la gravure, la peinture, la sculpture et le dessin. Il est surtout connu pour ses illustrations de grandes œuvres de la littérature. En 1863, il réalise des croquis pour une édition illustrée du *Don Quichotte* de Cervantès (voir p. 180-181 du Dossier). Rendez-vous sur le site Internet de la Bibliothèque nationale de France, qui propose une exposition virtuelle sur l'œuvre de Gustave Doré. En vous aidant de la section consacrée à *Don Quichotte* (expositions.bnf.fr/orsay-gustavedore/albums/quichotte/index.htm), répondez aux questions suivantes :

1. Combien d'illustrations Gustave Doré a-t-il créées pour *Don Quichotte* ? Qu'est-ce qu'une planche hors texte ?

2. Quelle technique permet à Gustave Doré de transformer ses dessins en illustrations imprimées ? Se charge-t-il de les reproduire lui-même ?

3. Lancez l'album et observez attentivement la première gravure qui s'affiche. Quels sont les deux objets que don Quichotte tient dans ses mains ? Qu'indiquent-ils ?

4. Dans cette gravure, comment Doré représente-t-il l'amour passionné de don Quichotte pour les livres ? Comment nous fait-il comprendre que l'esprit et l'imagination de don Quichotte sont envahis par les personnages des romans de chevalerie ?

5. Énumérez les différents types de personnages qui peuplent l'esprit de don Quichotte.

Éducation aux médias et à l'information

Qui sait si, après les manuscrits enluminés, après la découverte de l'imprimerie en Europe au milieu du XVe siècle, les auteurs médiévaux n'auraient pas raffolé des tablettes numériques et autres révolutions technologiques ! Transportons *Yvain ou le Chevalier au lion* dans l'univers du Web... Pour cela, trois étapes vous attendent :

À vous de conter !

Rédigez le journal en ligne d'Yvain sous la forme d'un blog, comme si notre chevalier s'était téléporté au XXIe siècle. Votre journal doit couvrir cinq jours de la vie d'Yvain, chaque billet correspondant à un moment important du roman. Pour les choisir, demandez-vous ce qui reflète la complexité de la vie du héros (amour, amitié, état psychologique, exploits...). Rendez votre récit expressif en rapportant les pensées du personnage, en utilisant des détails précis du roman et en jouant sur la ponctuation.

Comment devenir un chevalier

Créez un diaporama sur la vie d'un chevalier. Dans un moteur de recherche, saisissez les mots clés « BNF » et « chevalerie » puis cliquez sur le lien « Devenir et être chevalier » (expositions.bnf.fr/arthur/arret/04_2.htm). Dans le menu latéral gauche, cliquez sur « La chevalerie » et lisez le contenu de cette section. Yvain y est cité comme une figure emblématique du chevalier.

Grâce aux informations recueillies au fil de cette lecture, créez un diaporama intitulé « Comment devenir un chevalier » et qui retrace les différentes étapes que doit franchir le chevalier. Chaque illustration retenue devra être accompagnée d'un commentaire et de sa source.

Devenez le Tintin du Moyen Âge : un reportage au pays des géants...

Recensez les figures de géants présentes dans *Yvain ou le Chevalier au lion* puis rédigez un article sur ces figures surnaturelles pour le journal du collège, en vous aidant de vos connaissances et de la recherche d'informations additionnelles. Soyez inventifs : n'hésitez pas à y faire figurer les géants du cinéma, de la peinture, de la bande dessinée ou des jeux vidéo que vous aimez !

Un livre, un film
Excalibur (John Boorman, 1981)

La légende arthurienne a inspiré de nombreux cinéastes, de Richard Thorpe (*Les Chevaliers de la Table ronde*, 1953) à Robert Bresson (*Lancelot du Lac*, 1974), en passant par Henry Hathaway (*Prince Vaillant*, 1954) ou Walt Disney (*Merlin l'Enchanteur*, 1963)...

En 1981, le cinéaste britannique John Boorman réalise *Excalibur*, long métrage inspiré par *Le Morte d'Arthur* de Thomas Malory (seconde moitié du XVe siècle), l'un des derniers romans médiévaux consacrés à la légende de la Table ronde. Boorman et son coscénariste Rospo Pallenberg proposent un récit complet de la vie d'Arthur, de sa venue au monde merveilleuse et illégitime, liée à Merlin, jusqu'à son départ pour l'île d'Avallon après son ultime combat contre son fils Mordred.

Le film relate aussi la conquête du pouvoir par le roi Arthur grâce à l'épée Excalibur, la naissance de la Table ronde, les amours de la reine Guenièvre et du chevalier Lancelot, ainsi que la quête du graal.

Analyse de séquence n° 1 : Merlin et Uther [de 00.00.45 à 00.03.08]

Les chefs rivaux

1. Comment la rivalité entre Uther et le duc de Cornouailles se manifeste-t-elle ?
2. Écoutez attentivement la bande-son de cet extrait. De quels éléments est-elle constituée ? En quoi contribue-t-elle à dramatiser la scène ?

L'arrivée de Merlin

1. Étudiez la durée des plans[1] précédents et celle du plan de l'arrivée de Merlin. Que constatez-vous ?
2. Comment la lumière est-elle utilisée pour mettre en valeur Merlin ?
3. En quoi Merlin se distingue-t-il de tous les autres personnages de cette scène ?
4. De quel objet est-il muni ? Décrivez-le en détail. Selon vous, à quoi sert-il ?
5. Caractérisez les rapports entre Uther et Merlin.

Analyse de séquence n° 2 : les pouvoirs magiques de Merlin [de 00.08.50 à 00.12.26]

Uther a rompu la trêve[2] conclue avec le duc de Cornouailles dont il convoite la femme Ygraine. Il assiège le château du duc mais ne

---

1. *Plans* : portions de film comprises entre deux points de coupe.
2. *Trêve* : voir note 2, p. 37.

peut en forcer l'entrée. Il ordonne à Merlin d'utiliser ses pouvoirs magiques pour qu'il puisse s'unir à Ygraine, et fait le serment [1] que l'enfant à naître appartiendra à Merlin.

Le rituel magique

1. Pourquoi le réalisateur a-t-il choisi un décor constitué de mégalithes [2] pour le début de la scène ?

2. Comment Merlin met-il en œuvre son pouvoir ? Indiquez les différents éléments constitutifs du rituel magique.

3. Par quels moyens le réalisateur suggère-t-il que ce rituel demande du temps ?

Quand la magie opère...

1. Comment le paysage se transforme-t-il ? En quoi cette métamorphose appartient-elle au merveilleux ?

2. Expliquez la métamorphose d'Uther. Pourquoi est-elle nécessaire ?

---

1. *Serment* : voir note 1, p. 39.
2. *Mégalithes* : monuments de la préhistoire formés de gros blocs de pierre.

Cet ouvrage a été mis en pages par

<pixellence>

Imprimé à Barcelone par:
BLACK PRINT

N° d'édition : L.01EHRN000561.N001
Dépôt légal : juin 2018